나만 아는
거짓말

김하연
장편소설

나만 아는
거짓말

다선
책방

차례

프롤로그 8

모임의 시작 11
첫 번째 편지, 두 번째 편지 37
세 번째 편지, 네 번째 편지 71
누군가는 거짓말을 하고 있다 101
1년 뒤 133
두 번째 모임 163

작가의 말 204

한별

우리 진짜 내일 만나는 거야?
어떡해, 실감이 안 나!

오후 4:19

현수

엇! 나도 너희한테 카톡 쓰고 있었는데 ㅎㅎ
도어록 비번은 지난번에 알려줬으니까
별장에 먼저 도착하는 사람은 들어가서 편하게 있어.
어제 미리 가서 냉장고도 채워놨음!

오후 4:21

한별

내가 기차 시간이 젤 빠르니까
1등으로 도착할 거야.
나 오늘 잠도 못 잘 듯♡

오후 4:21

난 1시쯤 도착 예정. 설렌다!

오후 4:40

현수

다들 뭐가 그렇게 떨리고 설렌다는 거야ㅎㅎ
서로 알고 지낸 지가 3년이나 됐는데.

오후 4:42

그래도 얼굴을 직접 보는 건 처음이잖아.

오후 4:44

현수
> 참! 우리 할머니가 선물을 준비하셨어. 이번에 새로 나온 세계문학 전집인데 2층 서재 책꽂이에 꽂혀 있거든? 너희 최애 소설들도 그 전집에 있으니까 만나면 한 권씩 줄게!
> 오후 4:47

한별
> 대박! 나 서재 구경해도 돼?
> 오후 4:48

현수
> 당연하지. 먼저 도착하는 사람은 마음대로 구경해. 대신 그 전집은 다 같이 모이면 꺼내 보자.
> 오후 4:48

한별
> 오키ㅋㅋㅋ
> 오후 4:49

현수
> 책 얘기도 실컷 하고, 재밌게 놀자고!
> 오후 4:50

주원
> 과외 때문에 지금 확인. 내일 보자.
> 오후 7:10

은서
> 내일 만나, 얘들아.
> 오후 9:00

프롤로그

　아득해지는 정신을 붙잡으며 벽난로 위에 걸린 시계를 봤다.
　오후 7시 5분.
　소파 사이에 놓인 탁자에는 우리의 과거가 담긴 종이들이 흩어져 있다. 아무도 모른다고 믿었던 이야기들. 누구에게도 털어놓을 수 없던 이야기들. 아이들에게서는 이제 그 어떤 다정함도 느낄 수 없다.
　종이들을 노려보는 현수.
　입술의 거스러미를 깨무는 한별.
　땀에 젖은 머리카락을 쓸어 넘기는 주원.
　창백한 얼굴로 어깨를 떠는 은서.

온라인 독서 모임 〈더 클래식〉의 운영자인 현수가 선언하듯 말한다.

"우리 모임은 오늘부로 해체야. 이 집에서 나가는 순간부터 우리는 서로 모르는 사람이야."

그 말이 나오기만을 기다렸다는 듯 다들 고개를 끄덕인다. 내 간절한 시선이 아이들의 얼굴을 옮겨 다니지만 누구도 나와 눈을 마주치지 않는다.

아니야, 이러면 안 돼. 우리는 3년이나 함께했잖아. 도대체 누가, 왜 이런 짓을 벌인 건데.

차마 입 밖으로 나오지 못한 말들이 마음을 아프게 헤집는다.

겨우 여섯 시간 만에 모든 것이 변했다.

1

 눈앞의 이층집을 관찰하는 짧은 시간 동안에도 매서운 바람이 옷깃을 파고들었다. 추위에 뻣뻣해진 손으로 별장 사진을 찍었다. 상앗빛 몸체에 진회색 지붕. 정원에는 잘 관리된 짧은 잔디 위로 디딤돌이 징검다리처럼 놓여 있다. 고급스러운 별장이지만 주변은 산과 나무뿐. 버스에서 마지막으로 본 이웃집도 이곳에서 10분은 떨어져 있다.
 나는 차가운 바람에 실려 온 흙냄새를 맡으며 벅찬 심정으로 별장을 바라봤다.
 이곳은 현수의 외할머니가 쓰시는 별장이다. 문학에 조

금이라도 관심이 있다면 모를 수가 없는 국내 최고의 영문학자. 자신의 분야에서 높은 업적을 쌓으신 것은 물론 수필집도 여러 권 내셨고, 은퇴 후 방송에도 자주 출연하셨다.

집 뒤편도 둘러보고 싶었지만 추위 때문에 발길이 떨어지지 않았다. 발가락은 아까부터 감각이 없지만 심장은 기분 좋게 뛰고 있다.

3년 만에 처음으로 독서 모임 회원들의 얼굴을 보게 된다. 어제 나눈 카톡처럼 한별이 먼저 도착해 있을까.

정원에 깔린 디딤돌을 조심스레 건너뛰며 현관으로 향했다. 초인종을 누르려던 순간 문이 열렸다. 쌍꺼풀진 커다란 눈에 발그레한 뺨, 이런 날씨에도 분홍색 반소매 니트를 입은 여자아이가 환하게 웃으며 나를 바라봤다. 여자아이의 검지가 내 얼굴을 가리켰다.

"김유정? 아니면 최은서? 내가 맞혀볼 테니까 말하지 마! 너…… 김유정이지!"

"응, 맞아."

"나 정한별이야! 와, 유정아! 진짜 반가워!"

한별이 나를 와락 끌어안았다. 겨울바람에 섞인 향수 냄새가 콧속을 파고들었다. 한별이 내 손을 잡아당겼다.

"내가 생각했던 이미지랑 똑같네! 얼른 들어가자. 나 혼자 얼마나 심심했다고!"

한별이 꺼내준 슬리퍼로 갈아 신고서 거실 안에 들어섰다. 탁자를 사이에 두고 마주 놓인 기다란 소파, 탁자 밑에 깔린 두툼한 카펫, 예스러운 벽난로와 장식장까지. 현대적인 느낌을 주는 가구는 아무것도 없다. 나는 옛 귀족의 저택에 초대받은 듯한 기분을 느끼며 어색하게 주위를 두리번거렸다.

내 생각을 읽었는지 한별이 말했다.

"어때? 꼭 우리가 읽는 고전소설 속으로 들어온 것 같지 않아?"

"그러게. 밖에서 본 느낌은 안 그랬는데 집 안은 엄청 고풍스럽다."

"춥진 않지? 내가 오자마자 보일러 온도를 확 높였거든. 점심은 먹었어?"

"기차 안에서 샌드위치. 한별이 너는?"

"부엌에 컵라면이 있길래 난 그거 먹었어. 짐은 그 책가방뿐이야?"

"응."

"난 캐리어를 끌고 왔거든. 근데 짐을 너무 많이 쑤셔 넣었는지 지퍼가 안 닫혀서 엄청 고생했어. 드라이어랑 샴푸,

헤어트리트먼트까지 싹 챙겨 왔으니까 이따 샤워할 때 내 거 써도 돼!"

나는 한별의 작은 얼굴을 메운 큼직한 눈과 도톰한 입술을 얼떨떨하게 바라봤다. 우리의 독서 모임은 2주에 한 번씩 화상채팅으로 진행됐지만 서로의 얼굴을 공개한 적은 없었다. 그 규칙을 제일 못마땅해한 사람은 한별이었는데, 실물을 보니 이유를 알 것도 같았다. 시선을 뗄 수 없을 만큼 예쁜 얼굴이다.

"패딩도 빨리 벗어, 유정아. 난 이 집에 두 시간이나 먼저 도착했다니까? 11시부터 지금까지 혼자 있었어! 부산에서 대구까지 오는 기차를 타야 하는데 예매를 늦게 했더니 일찍 출발하는 표밖에 없더라고. 너희 집은 전주랬지?"

"응, 맞아."

"나도 전주 가보고 싶은데! 한옥 마을이 엄청 유명하잖아. 그럼 대구역에서 여기까진 어떻게 왔어?"

"버스로……."

"나도 원래는 버스를 타려고 했는데 너무 추워서 그냥 택시 탔어. 아, 마실 것 좀 줄까?"

"내가 꺼내 먹을게."

"아냐! 내가 아이스티 만들어줄게!"

한별의 떠들썩한 목소리에 정신이 몽롱해지는 기분이었다. 한별은 내 대답이 끝나기도 전에 부엌으로 향했다. 그러다가 갑자기 걸음을 멈추고 거실 한쪽의 복도를 가리켰다.

"유정아, 저기로 쭉 걸어가면 왼쪽에 계단이 있어. 2층 가서 서재 구경이라도 해."

"서재? 허락도 안 받고 들어가긴 좀 그런데."

"괜찮아! 현수가 마음대로 구경하랬잖아. 얼른 가봐. 서재가 진짜 대박이야!"

나는 머뭇거리며 벽난로 옆에 세워진 분홍색 캐리어를 바라봤다. 한별은 해외여행도 많이 다녔는지 캐리어에는 바코드가 찍힌 흰색 스티커들이 빼곡하게 붙어 있었다.

나는 가방과 패딩을 벗어 한쪽에 내려놓고 한별이 가리킨 복도로 향했다. 2층으로 이어지는 계단을 오르자 복도 오른편에 문이 반쯤 열린 방이 보였다. 책으로 가득한 풍경에 내 발걸음은 저절로 빨라졌다.

그때는 전혀 예상하지 못했다. 잠시 뒤, 이 서재에서 어떤 소란이 벌어질지.

☆ ☆ ☆

서재를 둘러보는 내내 찌릿한 느낌이 등줄기를 훑었다.

창문이 있는 쪽을 제외한 방 삼면에 책장이 놓여 있다. 창문을 기준으로 왼쪽 책장에는 여러 출판사에서 발간된 세계문학 전집이, 오른쪽 책장에는 소설을 비롯한 다양한 분야의 책들이 작가의 국적별로 분류되어 꽂혀 있었다.

언젠가 유명한 작가가 되면 나도 이렇게 근사한 서재를 가질 수 있을까. 책들을 둘러보던 중 어제 현수가 보낸 카톡이 떠올랐다.

우리 할머니가 선물을 준비하셨어. 이번에 새로 나온 세계문학 전집인데 2층 서재 책꽂이에 꽂혀 있거든? 너희 최애 소설들도 그 전집에 있으니까 만나면 한 권씩 줄게!

전집을 찾는 건 어렵지 않았다. 책등이 유난히 반질반질한 새 책들이 눈높이에 가지런히 꽂혀 있었다. 내 최애 소설인 도스토옙스키의 『죄와 벌』을 빼내려다 멈칫했다. 현수가 다 같이 모인 뒤에 꺼내 보자고 했으니까.

대신 다른 책장에서 두툼한 자줏빛 책을 빼 들었다. 표지에 'Alice in Wonderland'라고 적힌 『이상한 나라의 앨리스』 원서 안에는 영문 텍스트와 함께 섬세한 흑백 삽화들이

모임의 시작 **17**

실려 있었다.

 책을 들고 창가에 놓인 안락의자에 앉는 순간, 익숙하면서도 거부할 수 없는 충동이 밀려왔다.

 안 돼, 이 집에서는 절대로 안 돼.

 삽화에 집중하려고 애쓰며 책장을 넘겼다. 그러다 문득 벽시계를 보니 서재에 들어온 지 10분이나 지나 있었다.

 한별이 아이스티를 만들어준댔는데. 그걸 만드는 데 이렇게 오래 걸리나?

 서재에서 나와 계단을 내려가는데 한별의 목소리가 들렸다. 나는 걸음을 멈춘 채 숨을 죽였다.

 "어떻게 둘이 같이 들어와? 누가 고주원이고, 누가 이현수야?"

 "에이, 그냥 알려주면 재미없지. 맞혀봐!"

 "음…… 네가 이현수고, 너는 고주원!"

 "오, 한 번에 맞히다니! 버스에서 내리는데 내 또래 남자애 하나가 같이 내리더라고. '혹시 고주원……?' 하고 물었더니 깜짝 놀라더라. 그래서 여기까지 같이 걸어왔지, 뭐. 넌…… 정한별이지!"

 "맞아! 유정이도 아까 도착했는데 서재에 있어. 2층에 올라가더니 내려올 생각을 안 하네. 유정아, 이제 좀 나와!"

뺨이 뜨거워졌다. 서재를 구경하라고 부추겼던 사람은 한별이었는데. 굳이 저런 말을 할 필요가 있을까.

껄끄러운 기분으로 계단을 마저 내려왔다. 그리고 거실로 걸음을 재촉했다. 두 남자아이의 시선이 나에게 꽂혔다. 중간 키에 뿔테 안경을 낀, 모범생 같은 느낌의 남자아이와 큰 키에 창백해 보일 만큼 하얀 피부를 가진 남자아이.

안경 낀 아이가 나를 향해 손을 흔들었다.

"서재 구경했구나? 우리 할머니 서재 멋있지? 내가 이현수야. 여기까지 오느라 고생 많았어!"

옆에 있던 남자아이도 고개를 끄덕였다.

"난 고주원. 하, 이거 좀 어색하네."

"어……. 둘 다 안녕, 난 김유정이야."

한별이 박수를 치며 웃음을 터뜨렸다.

"이제 은서만 오면 되겠다. 유정이 주려고 아이스티 만들던 참인데, 너희 것도 만들어줄게!"

"헐, 그건 아니지!"

현수가 우리 셋을 소파 쪽으로 떠밀었다.

"아이스티든 뭐든 다 내가 준비할 테니까 너희는 앉아 있어. 우리 외할머니 별장인데 당연히 내가 움직여야지."

"그럼 나도 서재 구경이나 해볼까? 서재가 어디라고?"

모임의 시작

현수가 주원에게 서재 위치를 설명해 주는 동안 한별이 내게 팔짱을 끼며 속삭였다.

"고주원 말이야. 독서 모임에서는 세상 까칠하더니 실물은 장난 아니네, 그치? 무쌍인데 눈도 크고 얼굴은 주먹만 해! 나 쟤한테 사귀자고 할까? 너무 잘생겼잖아!"

"어떻게? 넌 부산에 살고 주원이는 서울에……."

"사귀다가 나도 서울에 있는 대학에 가면 되지! 유정아, 넌 남친 있어?"

"아니."

"모쏠은 아니지?"

"모쏠 맞는데……. 너는?"

한별이 긴 한숨을 내쉬었다.

"작년, 그러니까 고1 때 진짜 좋아했던 남자애가 있었는데 잘 안됐어. 그 뒤로는 누굴 좋아하고 싶은 마음도 안 들더라. 내가 독서 모임 때도 말했는데 생각 안 나?"

기억을 더듬었지만 도무지 떠오르지 않았다. 한별이 사랑에 빠졌다고 말했던 남자들은 아이돌부터 학원 선생님까지 다양했으니까. 한별은 고전소설 중에서도 로맨스가 있는 책만 좋아했다. 에밀리 브론테의 『폭풍의 언덕』이나 제인 오스틴의 『에마』처럼 말이다.

한별과 소파에 마주 앉아 있는데 현수가 큼직한 쟁반을 들고 나타났다. 핫초코 네 잔과 다양한 과일로 장식된 생크림케이크 네 조각이 고급스러운 식기에 담겨 있었다.

내가 말했다.

"주원이도 불러올게."

"놔둬, 실컷 구경하게. 우린 다들 책이라면 정신 못 차리잖아."

현수는 주원의 핫초코가 식지 않도록 머그잔에 뚜껑을 덮으며 말을 이었다.

"주원이가 고3이 되기 전에 모이자고 먼저 말해주지 않았으면 이렇게 오프라인 모임을 한다는 건 생각도 못 했을 거야. 주원이랑 은서는 서울, 나는 대구, 한별이는 부산, 유정이는 전주에 사니까. 우리가 독서 모임을 시작한 게 중3 때부터지?"

나와 한별은 핫초코를 호로록대며 고개를 끄덕였다. 현수가 계속 말했다.

"그때부터 2주에 한 번씩 화상채팅으로 책 얘기, 사는 얘기를 주고받긴 했지만 막상 만났는데 어색하면 어쩌나 조심스럽기도 했어. 서로의 얼굴까지 알면 걱정이 좀 덜했으려나? 은서 때문에 얼굴도 비공개였으니까."

한별이 투덜거렸다.

"은서가 아직 안 와서 하는 말인데, 난 진짜 싫었어. 화상채팅도 짜증 나는데 얼굴까지 가리니까 답답해 죽는 줄!"

"에이, 너무 그러지 마. 은서한테도 그럴 만한 사정이 있었잖아."

"나도 알거든?"

입술을 삐죽이는 한별을 보며 현수가 웃었다.

"은서는 아직 못 봐서 모르겠지만 너희는 내가 상상했던 이미지 그대로야. 특히 정한별, 너는! 아무튼 이렇게 만나니까 진짜 좋다. 요즘 세상에 고전소설을 읽는 애들을 어디서 또 만나겠어?"

한별의 얼굴이 환해졌다.

"진짜 고3이 되면 독서 모임은 잠시 쉬어야겠지만 가끔은 화상채팅으로 만나서 수다 떨자. 이제는 얼굴도 공개로 바꾸고!"

"좋지! 다들 대학생이 되면 그때는 더 자주 만나자. 우리끼리 여행도 가고!"

한별과 현수는 마치 어제도 만난 사이처럼 친근한 웃음을 터뜨렸다. 두 사람을 지켜보는 내 입가에도 자연스레 미소가 피어올랐다.

2

내가 고전소설의 세계에 발을 들인 건 우연한 계기로부터 시작되었다.

중학교 2학년이었던 시절, 코로나바이러스로 학교가 문을 닫기 전의 일이었다. 학교 도서실에서 작가와의 만남 행사가 열렸다. 사서 선생님은 우리를 만나러 온 소설가가 무척 유명한 사람이라고 했다.

작가가 꿈인 나는 부푼 기대를 안고 행사에 참여했다. 글을 잘 쓴다고 말솜씨까지 좋은 건 아닌지 강연은 지루했지만 얻은 것도 있었다. 그 소설가는 작가가 되고 싶다면 도스토옙스키의 작품을 반드시 읽어야 한다고 강조했다.

나는 강연이 끝나자마자 핸드폰으로 도스토옙스키가 누군지 검색했다. 그리고 그의 대표작이라는 『죄와 벌』을 도서실에서 빌렸다.

책은 읽기를 포기하고 싶을 정도로 어려웠다. 모르는 단어도 많았고, 지루한 심리 묘사가 몇 장씩 이어지기도 했다. 그래도 작가가 되고 싶은 마음에 하루 한 장이라도 꾸역꾸역 읽어나갔다. 그로부터 1년 뒤, 나는 도스토옙스키의 거의 모든 작품을 섭렵했다.

그리고 코로나바이러스가 찾아왔다.

학교는 문을 닫았고 수업은 온라인으로 전환됐다. 책 읽을 시간은 늘어났지만 나는 점점 외로워졌다. 책에 대한 감상을 나눌 사람이 아무도 없었다. 다른 고전소설도 읽어보고 싶었지만 학교 도서실마저 문을 닫는 바람에 사서 선생님에게 책을 추천받을 수도 없었다.

정보를 찾을 곳은 인터넷뿐이었다. 고전소설 추천 목록을 검색하며 여러 사이트를 헤집던 중, 한 블로그의 글을 발견했다.

고전소설을 함께 읽는 온라인 독서 모임

〈더 클래식〉 회원을 모집합니다!

· ZOOM 온라인 독서 모임
· 격주 토요일 저녁 6시 30분(요일과 시간은 조정 가능!)
· 지정 도서를 미리 읽고 생각 나누기
· 이런 분들이 오시면 좋겠습니다!
  - 학교에 못 가서 답답한 중·고등학생
  - 고전소설 읽기에 도전하고 싶지만 혼자서는 자신이 없는 분
  - 문해력을 바탕으로 국어 성적을 올리고 싶은 분
  - 책과 함께 성장하고 변화하고 싶은 분
· 4월 지정 도서: 도스토옙스키의 『죄와 벌』

책 제목을 보자마자 심장이 요동쳤다. 마음을 애써 진정시키며 블로그의 다른 글을 살폈다. 카테고리는 두 개였다. '나의 학교생활'과 '고전소설 읽기'.

학교생활을 담은 글부터 훑기 시작했다. 도서실을 배경으로 찍은 사진이 제일 많았고, 체육대회와 체험학습 같은 학교 행사 사진도 종종 보였다. 자신과 친구들의 얼굴은 뿌옇게 처리했지만 블로그의 주인이 남학생이라는 건 쉽게

알 수 있었다. 역시 책을 좋아하는 아이인지 글짓기 대회에서 받은 상장과 도서실에서 대출을 많이 하는 학생에게 주는 다독상 사진 등이 올라와 있었다.

'고전소설 읽기' 카테고리는 훨씬 놀라웠다. 온갖 고전소설에 대한 감상평은 물론 작가 약력과 작품에 관한 사진 자료까지 꼼꼼하게 정리되어 있었다. 나는 고작 도스토옙스키의 소설을 모두 읽었다고 뿌듯해했는데 같은 또래의 남자애는 이런 블로그를 운영하는 데다 독서 모임 회원까지 모집하고 있다니.

혹시 이 아이의 꿈도 작가일까.

얼굴도 모르는 아이를 질투하며 회원 모집 기간을 확인했다. 하필이면 그날이 마감일이었다. 신청하고 싶은 사람은 블로그에 댓글을 달라고 했다.

모니터를 바라보며 하염없이 시간을 흘려보냈다. 신청자가 나뿐이면 어쩌지. 이렇게 똑똑한 애랑 둘이서 책 이야기를 나눌 자신은 없는데. 반대로 회원이 넘쳐나는 것도 부담스러웠다. 고전소설을 좋아하는 청소년이 많을 리 없지만 '문해력'과 '국어 성적'이라는 말에 끌린 엄마 때문에 신청한 아이도 있을 수 있으니까.

그냥 관둘까. 어차피 책은 혼자 읽는 건데. 얼마나 대단

한 감상을 나누겠다고. 괜히 피곤한 일을 벌이지 말자 싶으면서도 블로그 창을 닫을 수가 없었다.

일단 참여하고 아니다 싶으면 탈퇴해도 되지 않을까. 직접 만나는 것도 아니고 어차피 화상채팅이라니까.

나는 결국 댓글창을 열고 키보드를 두드리기 시작했다.

- 독서 모임에 가입하고 싶은데요. 혹시 회원은……

"혹시 회원은 몇 명이나 되나요?"

현수가 소리 높여 웃으며 말을 이었다.

"유정이 댓글을 보고 얼마나 반가웠다고! 그날이 마감일이었는데 그때까지 신청한 회원이 한별이뿐이었거든. 회원이 너무 적으면 가입하지 않겠다고 할까 봐 무지 걱정했어. 주원이랑 은서가 댓글을 단 건 며칠 뒤였으니까."

신기하게도 우리 다섯 명 모두 중학교 3학년이었다. 다들 나이가 같으니 모임이 훨씬 편할 것 같았지만 뜻밖의 문제가 생겼다.

아직 이곳에 도착하지 않은 회원.

최은서.

은서는 화상채팅에서 자신의 얼굴을 비공개로 하겠다고

운영자 현수에게 요청했다. 현수가 아무리 설득해도 소용없었다. 첫 모임을 시작하기 전부터 삐거덕거리자 현수는 은서를 탈퇴시킬까도 진지하게 고민했다.

현수가 말했다.

"아무래도 안 되겠다 싶을 때 은서가 그러더라고. 사실 학교에서 왕따를 당하고 있다고. 모두 다른 지역에 살긴 하지만 자기 얼굴은 공개할 자신이 없다고. 그 말을 듣고 마음이 약해졌지, 뭐. 얼마나 자신감이 떨어졌으면 그런 부탁을 하겠어?"

결국 현수는 한 명만 얼굴을 가리는 건 이상하니 은서가 이 모임에 익숙해질 때까지 우리도 카메라를 끄거나 얼굴을 모자이크 처리하면 어떻겠느냐고 물었다. 주원과 한별은 어떤 마음으로 찬성했는지 모르겠지만 나는 그 제안이 반가웠다. 얼굴이 안 보이면 잠옷을 입어도 상관없고, 심지어 머리를 감지 않아도 될 테니까. 책에 대한 내 감상도 더 자신 있게 말할 수 있을 것 같았다.

그렇게 3년 전 4월. 〈더 클래식〉의 첫 번째 모임이 시작됐다.

아예 카메라를 끈 사람도, 애니메이션 캐릭터 이미지를 띄워놓은 사람도 있었다. 첫 모임인 데다 얼굴도 보이지 않으니 어색했지만 우리는 그 상황에 놀랍도록 빠르게 적응했다.

도스토옙스키도 말하지 않았나. 인간은 어떤 상황에도 익숙해지는 존재라고. 하지만 그 뒤로 3년 동안이나 아이들의 얼굴을 보지 못할 줄은 몰랐다.

한별이 속삭였다.

"근데 은서는 지금도 왕따일까? 친구가 생겼다는 말은 못 들었으니까 여전히 그렇겠지? 아무리 그래도 온라인 독서 모임에서까지 얼굴을 가리는 건 너무 소심하잖아. 너희들 기억나? 1년쯤 지났을 때 내가 이제는 얼굴 좀 까자고 했더니 은서가 단번에 거절했잖아. 솔직히 난 은서 성격에도 문제가 있다고 생각해."

현수는 떨떠름한 얼굴로 시선을 피했다. 한별은 현수의 눈치를 살피며 또다시 입을 삐죽였다.

"아니, 뭐…… 은서 뒷담화를 하자는 건 아니고……. 내 말은 그만큼 은서가 안쓰럽고, 오늘 만나면 다 같이 잘해 주자, 이런 얘기를 하려던 거야."

현수가 옷소매를 걷으며 스마트워치를 들여다봤다.

"당연히 그래야지. 근데 은서는 왜 안 오지? 벌써 2시가 다 돼가는데. 엉뚱한 데서 헤매고 있을까 걱정이네. 전화라도 해봐야…….."
 초인종 소리가 울렸다. 때마침 주원도 거실로 돌아왔다.
 한별이 현관으로 쪼르르 달려가 문을 열었다.
 "어서 와, 은서야! 왜 이렇게 늦었어!"

3

 열린 현관문으로 얼음장 같은 바람이 들이쳤다. 자신에게 쏟아지는 시선이 부담스러운 듯 은서는 고개를 들지 못했다. 검은 롱패딩이 버거워 보일 만큼 작고 마른 몸집에 노르스름한 피부. 은서의 뺨에 달라붙은 긴 머리카락을 한별이 정리해 주자 홀쭉한 얼굴에 옅게 깔린 주근깨가 드러났다.
 현수가 말했다.
 "하도 안 와서 마침 전화해 보려던 참이었어. 내가 이현수고, 여기는……."

현수가 회원들을 한 명씩 소개했다. 은서는 우리와 눈도 마주치지 않은 채 고개만 건성으로 끄덕였다.

"은서야, 여긴 따뜻해. 패딩 벗어서 나한테 줘."

한별이 손을 뻗자 은서는 흠칫 놀라며 뒷걸음쳤다.

"나중에 벗을게. 나…… 화장실 좀 가고 싶은데."

현수가 계단으로 이어지는 복도를 가리켰다.

"저쪽으로 쭉 가서 오른쪽으로 돌면 돼. 손님들이 헷갈려 해서 할머니가 'toilet'이라고 적힌 문패도 붙여놨어."

현수가 은서의 가방을 얼른 받아 들었다. 그러고는 은서에게 줄 핫초코를 만들겠다며 부엌으로 사라졌고, 나와 한별, 주원은 소파에 앉았다.

은서가 오자 분위기가 확실히 어색해졌다. 나는 옆에 앉은 주원에게 고개를 돌렸다.

"현수가 네 머그에 뚜껑 덮어놨어. 식기 전에 마셔."

"어, 그래."

"서재는 잘 봤어? 한참 동안 안 나오던데."

"신기한 책이 많더라고. 외국 책도 있길래 이것저것 펼쳐 보느라."

맞은편에 앉은 한별은 인상을 구긴 채 케이크에 있는 포도를 덜어 내고 있었다. 내가 물었다.

"포도 알레르기 때문에 그러지?"

"기억하네? 은서도 나랑 똑같아서 신기했잖아. 아, 맞다. 일기예보 보니까 오후부터는 눈이 많이 온대! 우리 같이 눈사람도 만들고 사진도 찍자. 단체 사진 찍으려고 셀카봉도 가져왔어!"

아무 반응도 없는 주원 대신 내가 얼른 대답했다.

"나도 집 앞에서 단체 사진은 꼭 남겨야겠다고 생각했는데. 셀카봉 생각은 못 했지만."

"너희 그거 알아? 이 별장 말이야. 현수 외할머니가 워낙 유명하셔서 텔레비전에도 나왔던 집이야. 여기에서 자주 인터뷰도 하셨어. 근데 다들 엄마한테는 뭐라고 거짓말하고 여기까지 왔어?"

부엌 쪽에서 현수의 호탕한 웃음소리가 들렸다. 현수는 은서 몫의 핫초코와 케이크가 담긴 쟁반을 들고 걸어왔다.

"그러게. 다들 부모님 허락받느라 힘들지 않았어? 난 할머니 별장을 빌려야 하니까 부모님이랑 할머니한테 솔직히 말씀드렸거든."

한별이 포도를 뺀 케이크를 우물거리며 말했다.

"난 베프랑 여행 간다고 뻥쳤어. 두 달만 지나면 진짜 고3이니까 힐링 좀 하고 오겠다고 졸랐지. 베프 엄마도 같이

가니까 걱정하지 말라고. 우리 엄마는 내 친구 엄마한테 확인 전화를 해봐야겠다는 생각도 못 했을걸? 우리 집이 부산이잖아. 바닷가에서 꽤 큰 횟집을 하는데 장난 아니게 바쁘거든."

주원이 말했다.

"난 친구 집에서 하룻밤 자고 온댔어. 여긴 이현수 외할머니의 별장이니까 거짓말은 아니지. 김유정, 너는?"

"아, 나는 친구랑 성당 캠프에 간다고 했어. 의심받지 않으려고 가짜 신청서까지 만들어서 엄마 사인을 받았고."

"가짜 신청서? 헐, 생각보다 용감한데?"

주원이 가느다란 눈으로 나를 보며 웃는 바람에 얼굴이 달아올랐다. 당황한 와중에도 나를 못마땅하게 흘끔거리는 한별의 시선이 느껴졌다.

잠시 뒤 은서가 거실로 돌아왔다. 모두의 시선이 다시 한번 은서에게 쏠렸다. 은서가 바닥에 끌릴 듯한 롱패딩을 벗자 현수가 재빨리 다가가 옷을 받아 들었다.

"너희들 옷 좀 방에 걸어놓고 올게."

은서는 머뭇거리다 한별 옆에 앉았다. 아까 현수가 앉았던 자리였다. 거실로 돌아온 현수는 자기 자리에 앉은 은서를 보고 부엌에서 의자를 가져와 우리 모두를 바라볼 수 있는 위치에 앉았다.

내가 은서에게 말했다.

"부모님 허락을 어떻게 받고 왔는지 얘기하고 있었어."

"아, 난 그냥…… 친구 집에서 잔댔는데."

우리는 약속이라도 한 듯 눈빛을 교환했다. 은서의 부모님은 그 말을 믿었을까. 자기 딸이 학교에서 왕따라는 사실을 모르고 있나.

우리의 마음을 눈치챘는지 은서가 화제를 돌렸다.

"눈 온다."

다들 거실에 난 통유리창을 바라봤다. 어느새 옅은 눈발이 흩날리고 있었다. 한별이 소리를 꺅꺅 지르며 창문 쪽으로 달려가 핸드폰을 켰다. 눈 내리는 풍경을 동영상으로 찍던 한별이 우리 쪽으로 핸드폰을 돌렸다. 케이크를 먹던 은서는 고개를 숙였고, 나와 현수는 핸드폰을 향해 어색하게 손을 흔들었다.

"은서야, 여기 좀 봐! 고주원, 너도 좀 웃어줄래?"

현수가 못 말리겠다는 듯이 웃었다.

"언제까지 그러고 있을래? 책 얘기는 안 할 거야?"

한별이 키득거리며 소파로 돌아왔다. 각자의 핸드폰에서 알림음이 울렸다.

"내가 단톡방에 동영상 보냈어. 다들 완전 잘 나왔어!"

현수가 과장되게 고개를 끄덕였다.

"그래그래. 동영상은 나중에 확인하고 이제 우리 책 꺼내자. 핸드폰은 무음으로 돌리고. 이러다가 독서 모임은 시작도 못 하겠다!"

나는 한별이 보낸 동영상을 핸드폰에 저장한 뒤 소파에서 일어났다. 다들 부산스럽게 자기 가방에서 오늘의 주제 도서를 꺼내 왔다. 모두가 자리로 돌아오자 현수는 흐뭇한 미소를 지었다.

3년 동안 우리의 마음을 편안하게 해주었던 밝고 믿음직한 목소리가 울려 퍼졌다.

"다들 준비됐지? 그럼 지금부터 독서 모임 〈더 클래식〉의 첫 번째 오프라인 모임을 시작하겠습니다!"

1

"참여 회원은 고주원, 김유정, 정한별, 최은서. 그리고 운영자인 나, 이현수. 오늘 나눈 이야기도 내 블로그에 잘 정리해서 올려놓을게. 이번 모임의 선정 도서는 고주원이 추천한 『모파상 단편선』. 프랑스 소설가 기 드 모파상의 단편소설을 모은 책이지. 오늘은 여기 실린 단편소설 중에서 「목걸이」라는 작품에 대해 이야기할 거야. 모파상은 주원이가 특히 좋아하는 작가니까 네가 작가 소개를 해줄래?"

우리는 『모파상 단편선』을 한 권씩 곁에 두고 현수의 말에 귀를 기울였다. 주원이 목소리를 가다듬은 뒤 입을 열었다.

"모파상은 1850년 프랑스에서 태어났고, 마흔두 살에 죽을 때까지 300편이 넘는 단편소설을 썼어. 짧은 이야기 속에서도 인간의 본성과 심리를 날카롭게 그려냈지. 오늘 얘기할 「목걸이」라는 단편은 모파상의 대표작 중 하나야. 다들 알다시피 중학교 국어 교과서에도 실려 있고."

주원의 날카로운 콧날을 멍하니 바라보던 한별이 중얼거렸다.

"마흔두 살에 죽었는데 소설을 300편 넘게 썼다고? 아무리 단편이라도 글쓰기 머신이잖아. 온종일 소설만 썼나?"

"그건 나도 모르겠고, 글을 너무 많이 써서 건강이 안 좋아졌다는 말도 있지."

현수가 말했다.

"그럼 「목걸이」의 줄거리도 간단히 얘기해 보자. 최은서랑 김유정, 너희 중에 누가 말해줄래?"

은서가 시선을 떨어뜨렸다. 현수는 화상채팅 때도 종종 회원 중 한 사람에게 줄거리를 말하게 했다. 은서가 워낙 불편해 보였기에 내가 손을 들었다.

"주인공 마틸드 루아젤은 아름답고 매력적인 여자였지만 허영심이 많았어. 현실에 만족하지 못하고 늘 화려한 삶을 꿈꿨지. 평범한 공무원이었던 마틸드의 남편은 성실한 사람이었지만 마틸드의 마음은 늘 불만으로 가득했어.

그러던 어느 날, 마틸드는 남편과 호화로운 파티에 초대받아. 새 드레스는 간신히 장만했는데 거기 어울릴 만한 장신구도 있으면 좋겠다 싶었지. 그래서 마틸드는 친구에게 값비싼 다이아몬드 목걸이를 빌려. 파티장에서 마틸드는 아름다움을 한껏 뽐내며 완벽한 밤을 보내지만……."

나는 결말까지 이어서 이야기했다. 내가 말을 마치자 거실은 한동안 웃음소리로 가득 찼다. 은서마저 고개를 숙인 채 킥킥거렸다.

은서를 다정하게 바라보던 현수가 말했다.

"결말 부분에서 얼마나 놀랐는지 몰라. 내가 출판사 직원이었다면 이런 광고 카피를 썼을 거야. 주인공도 독자도 속았다! 고전소설 최고의 반전!"

한별이 말했다.

"반전도 반전이지만, 난 이 소설에 대해서 할 말이 진짜 많아. 왜냐, 이걸 읽은 사람들은 하나같이 마틸드를 욕할 거거든. 남편도 성실하고, 집에 하녀도 있는데 행복한 줄 모르고 허영심만 가득하다고. 하지만 마틸드가 뭘 그렇게 잘못했어? 현재보다 나은 삶을 꿈꾸는 게 나쁜 건 아니잖아. 다들 지금보다 멋지게 살고 싶어서 학생은 죽어라 공부하고 어른들은 죽어라 일하는 거 아냐? 안 그런 척할 뿐이지, 모든 인간의 마음속에는 화려하게 살고 싶은 욕망이 있어. 현재에만 머무르면 아무 발전도 없는 거라고."

주원이 책장을 넘기며 말했다.

"정한별의 말대로 우리 모두에게는 분명히 마틸드 같은 모습이 있어. 그러니까 1884년에 발표된 소설을 여전히 공감하며 읽을 수 있는 거겠지. 하지만 더 나은 삶을 살고 싶다면 스스로 노력해서 발전해야 하는 거 아니냐? 친구한테 비싼 목걸이를 빌리고, 파티에서 자기 것인 양 허세를 부리는 게 아니라."

"헐! 그 시절 여성의 지위를 생각하면 어쩔 수 없었어! 마틸드가 가질 수 있는 직업이 있었을 거라고 생각해? 그때만 해도 여자는 결혼하면 남편 뒷바라지에 올인하는 게 최고의 미덕이었다고. 아니, 그리고 친구한테 목걸이를 빌리는 게 뭐가 나빠? 멋진 파티에 초대받았는데 최대한 꾸미고 가야지!"

한별다운 발언에 주원마저 웃음을 터뜨렸다. 한별은 만족한 듯 주원을 바라보며 커다란 눈을 깜박였다.

내가 말했다.

"지금까지 읽었던 고전소설들은 주제를 쉽게 알기 힘들었잖아. 현수 의견대로 황당한 결말이긴 하지만 「목걸이」는 교훈만큼은 뚜렷한 단편이야. 인간은 정직하고 솔직하게 살아야 한다는. 그리고 한순간의 실수로도 인생이 완전히 바뀌는 걸 보면 인간은 참 무력한 존재 같아."

그 뒤로도 다양한 이야기가 오갔다.

이 자리가 아직 어색한지 도통 입을 열지 않던 은서도 현수가 기회를 주자 책에 대한 의견을 말했다. 화상채팅 때와는 비교할 수 없을 정도로 편했다. 목소리가 끊기지도 않았고, 서로의 얼굴을 보며 이야기하니 답답한 느낌도 없었다. 대화가 어느 정도 마무리되었을 때는 어느덧 오후 4시에 접어들고 있었다.

아까와는 비교도 안 되게 눈발이 굵어졌다. 한별은 또다시 창가로 달려가 사진을 찍었고, 주원과 현수는 자리에서 일어나 스트레칭을 했다. 은서는 배가 고팠는지 앞에 놓인 케이크를 모두 해치웠다.

소파로 돌아온 한별이 생각났다는 듯이 말했다.

"맞다, 이현수! 책 선물은 언제 줄 거야? 할머니가 서재에 준비해 놓으셨다며."

"어, 그건 내일 헤어지기 전에 주려고 했는데."

한별이 현수의 팔을 잡아끌었다.

"궁금하니까 지금 줘! 은서도 서재 구경 못 했잖아!"

은서가 티슈로 입가를 닦으며 두 사람을 쳐다봤다.

"서재……? 아, 2층에 있다는……."

"응, 그러니까 한숨 돌릴 겸 지금 올라가자!"

현수는 한별의 성화에 당황한 것 같았지만 곧 이렇게 대답했다.

"좋았어. 다들 가보자고!"

2

계단으로 이어지는 복도를 다 함께 걷는 동안 현수가 물었다.

"다들 진로는 정했어? 나는 서울보다는 울산에 있는 공대로 갈까 하는데. 집이 대구라 그런지 멀리 가는 건 내키지 않더라고."

한별이 말했다.

"나랑 완전 반대네! 난 무조건 인서울이 목표인데. 서울에서 사는 게 꿈이거든. 유정이, 넌? 작가가 되고 싶댔으니까 국문과나 문예창작학과?"

"응. 문예창작학과로 유명한 대학이 서울에 있어. 목표는 일단 거기인데 사실 자신 없어."

한별은 애교 섞인 표정을 지으며 두 손을 모았다.

"다들 서울에 있는 대학에 붙으면 좋겠다! 그럼 우리 독서 모임도 서울에 있는 예쁜 카페에서 하면 되잖아. 현수는 모임 있을 때마다 기차 타고 올라오면 되고."

주원이 헛웃음을 지었다.

"서울은 뭐가 특별한 줄 아냐. 예쁜 카페는 네가 사는 부산에도 널렸을 텐데. 아무튼 다들 꿈이 있어서 좋겠네. 난 국어 빼고는 성적이 바닥이라 대학이나 갈 수 있을지도 모르겠는데. 서울에서 독서 모임 하면 나도 꼭 불러라. 백수라고 따돌리지 말고."

현수가 주원의 어깨에 팔을 둘렀다.

"당연하지! 신입 회원은 받을 생각 없거든? 중간에도 몇 명 들어왔지만 끝까지 남은 사람은 우리뿐이잖아. 우리 다섯이서 평생 가는 거야!"

복도 끝에는 2층으로 연결되는 계단이 있었다. 한별이 주원의 눈치를 살피며 물었다.

"근데 고주원. 넌 여자 친구 있어? 왠지 있을 거 같은데."

"없어."

"진짜? 학교에서 인기 많을 거 같은데? 고백하는 여자애들 없어? 넌 어떤 스타일 좋아해?"

"그게 왜 궁금한데?"

현수가 황당하다는 듯이 말했다.

"야, 정한별. 고주원한테만 너무 티 나게 물어보는 거 아냐? 왜 나한테는 안 물어보는데? 난 여자 친구 있다고."

"헐! 예뻐? 사진 보여줘!"

현수가 핸드폰을 꺼내 드는 동안 한별과 주원, 현수는 자연히 뒤처졌다. 나는 계단을 오르며 은서에게 물었다.

"요즘도 그림 그려?"

"그림?"

"우리가 첫 번째 독서 모임을 했던 날. 모임이 끝나고 네가 회원들의 일러스트를 그려줬잖아. 얼굴도 모르는데 우리 목소리와 말투만 듣고 상상해서. 네 그림을 보고 깜짝 놀랐어. 나랑 너무 비슷하더라고."

"아……. 응, 지금도 가끔 그려."

은서는 들릴 듯 말 듯한 목소리로 다시 속삭였다.

"내가 그렸던 그 일러스트들……, 현수가 자기 블로그에도 올려놨던데."

"맞아. 다들 자기랑 닮았다고 신기해했잖아."

은서와 나란히 도착한 2층의 짧은 복도에는 왼쪽에 문이 두 개, 오른쪽에 한 개가 있었다. 서재는 오른쪽 방이었다. 내가 들어갔다 나올 땐 분명히 문이 열려 있었는데 지금은 아니었다. 마지막으로 서재에 갔던 주원이 닫고 나온 모양이었다.

아이들이 따라오는지 뒤돌아보는 동안 은서가 서재 문을 열었다. 내가 손짓하자 한별과 주원, 현수도 계단을 뛰어 올라왔다. 다들 은서를 따라 안으로 들어갔다. 사방에 가득한 책을 보고 은서의 눈이 휘둥그레졌다.

현수가 뿌듯한 얼굴로 말했다.

"은서만 서재에 처음 들어온 거지? 정한별, 너도 여기 들어왔었어?"

"응! 그렇긴 한데 그냥 쓱 훑어보고 나왔지."

현수가 세계문학 전집이 꽂힌 왼쪽 책장 앞에 서자, 우리는 키득거리며 상을 받는 학생들처럼 나란히 섰다.

"자, 그럼 지금부터 〈더 클래식〉 회원들의 최애 소설 증정식을 시작하겠습니다! 정한별이 좋아하는 책부터……."

그때 요란한 벨 소리가 귀를 때렸다.

"헐, 큰일 났다! 엄마한테 전화 왔어. 나 잠깐 전화 좀 받고 올게!"

현수는 못 말리겠다는 표정으로 고개를 저었다.

"하여튼 정한별이 제일 시끄럽다니까. 그럼 유정이부터 줄까? 김유정의 최애 소설은 도스토옙스키의 『죄와 벌』! 이번에 새로 나온 세계문학 전집 중 한 권인데 표지가 진짜 끝내줘."

현수가 책장에서 책 한 권을 빼냈다. 역시 내가 아까 들어왔을 때 봤던, 새 책 느낌이 물씬 풍기는 전집 중 한 권이었다.

"책은 할머니가 사셨지만 안을 보면 내가 쓴 엽서가 있을 거야. 3년 동안 독서 모임에 열심히 참여해 주셔서 감사합니다."

현수가 공손하게 고개를 숙이며 책을 내밀었다. 주원이 코웃음을 쳤다.

"오그라들게 왜 이래? 박수라도 쳐야 하나?"

주원과 은서가 어색하게 박수를 치는 동안 나는 짧은 웃음을 터뜨리며 책을 받았다. 도스토옙스키의 얼굴이 흑백 스케치로 담긴 세련된 표지. 엽서를 찾아 책장을 넘기자 현수가 두 손을 내저었다.

"안 돼! 창피하니까 엽서는 나중에 읽어!"

그 순간 내 발등 위로 무언가가 떨어졌다.

진한 푸른빛의 편지봉투.

'정한별에게'라고 인쇄된 하얀 종이가 봉투 한가운데 붙어 있다. 나는 허리를 숙여 봉투를 집어 들었다.

"엽서가 아니라 편지인데? 그리고 내 이름이 아니라 한별이 이름이 쓰여 있어. 잘못 넣은 거 아니야?"

"뭐지? 내가 넣은 게 아닌데."

현수가 내 손에서 봉투를 가져갔다. 한별의 이름이 적힌 편지를 마음대로 읽어도 되나 싶었지만 현수는 이미 종이를 펼친 뒤였다.

편지를 읽은 현수의 얼굴에서 웃음기가 사라졌다. 주원이 종이를 낚아챘다.

"뭔데? 왜 그렇게 심각해?"

나도 호기심에 못 이겨 주원이 든 종이 위로 얼굴을 들이밀었다.

**너는 좋아하던 남학생이 다른 여학생과 사귀자
그 여학생에 관한 끔찍한 소문을 지어냈다.
그 소문은 학교 전체에 퍼졌고,
결국 여학생은 너 때문에 전학을 갔다.**

글자들이 단정하게 인쇄된 하얀 종이.

현수가 봉투 안에 있던 또 다른 종이를 우리에게 내밀었다. 캡처한 카톡창이 인쇄된 종이였다.

우리는 얼떨떨한 얼굴로 카톡 내용을 읽었다.

> 엄마랑 선생님한테 말할 거야.
> 다 네가 지어낸 소문이라고.

오후 8:01

정한별

> 와, 무서워 죽겠네. 그런다고 애들이 믿어줄까?
> 솔직히 너 성격 좀 미쳤잖아.

오후 8:04

> 도대체 나한테 왜 이러는데?

오후 8:05

정한별

> 몰라서 묻냐? 네가 먼저 배신했잖아!
> 내가 먼저 좋아했다는 거 뻔히 알면서.
> 내가 당하고도 가만있을 줄 알았어?

오후 8:07

> 나도 사실 걔가 좋았는데
> 너 때문에 말 못 하고 있었어.
> 하지만 고백은 걔가 먼저 했어, 진짜야.
>
> 오후 8:10

정한별

> 그게 뭐가 중요해?
> 사람들이 원하는 건 같이 욕하면서
> 떠들 만한 스토리야.
> 축하해! 이번엔 네가 주인공이네ㅋㅋㅋ
>
> 오후 8:11

문가에서 한별의 발랄한 목소리가 들렸다.

"와! 들킬까 봐 완전 식겁했어. 웬일로 엄마가 지금 어디냐, 뭘 하고 있냐 꼬치꼬치 물어보잖아!"

현수가 주원의 손에서 종이를 빼앗아 등 뒤로 감췄다. 종이가 구겨지는 소리에 한별의 웃음소리가 섞여들었다.

"뭐야, 이현수? 갑자기 뭘 숨기는데?"

"아무것도 아냐! 서재 구경 다 했지? 내려가서 간식 먹을까?"

"무슨 간식을 또 먹어? 책 선물 받으려고 올라온 거잖아. 아, 뭔데! 나도 보여줘!"

나는 두 사람의 실랑이를 멍하니 지켜봤다.

도대체 무슨 일이 벌어지고 있는 걸까.

한별은 결국 현수에게서 종이를 뺏는 데 성공했다. 우리는 한별이 편지를 다 읽을 때까지 초조하게 기다렸다. 한별의 흔들리는 시선이 주원을 향했지만 주원도 당황한 듯 고개를 돌렸다.

"이거 어디에서 났어? 누가 쓴 건데?"

현수가 말했다.

"우, 우리도 무슨 일인지 모르겠어. 내가 유정이한테 이 책을 선물로 줬는데……. 어제 이 집에 왔을 때는 편지가 아니라 내가 쓴 엽서를 넣어놨는데, 나도 진짜 어떻게 된 건지……."

"그럼 이건 누가 넣었는데? 그리고 내 카톡은 어떻게 훔쳐봤는데!"

한별의 목소리가 떨렸다. 그렇다면 종이에 쓰인 이야기가 모두 사실이라는 건가.

한별이 매섭게 외쳤다.

"편지를 끼워 넣을 사람은 너밖에 없잖아, 이현수! 여긴 네 할머니 집이잖아!"

"아냐! 내가 왜 그런 짓을 해! 내가 어제 넣은 건 엽서였다니까?"

"그럼 엽서는 어딨는데!"

현수와 나의 시선이 허공에서 부딪쳤다. 나는 들고 있던 『죄와 벌』을 허겁지겁 펼쳤다. 책장을 처음부터 끝까지 몇 번이나 훑었지만 현수가 썼다는 엽서는 보이지 않았다.

한별은 빨갛게 달아오른 얼굴로 팔짱을 꼈다.

"엽서 같은 건 처음부터 없었나 보지. 내 뒷조사는 어떻게 했어? 이현수, 너 스토커야?"

주원이 현수와 한별 사이에 끼어들었다. 그러고는 두 사람을 향해 손을 들어 올렸다.

"시끄러워 죽겠네, 진짜. 일단 둘 다 진정 좀 해! 야, 이현수. 이거 혹시 네가 준비한 이벤트야? 우리가 지난번에 읽은 책이 추리소설이었잖아."

주원의 말을 듣는 순간, 아래팔에 소름이 돋았다.

이 모임이 열리기 전 우리가 마지막으로 읽은 책은 추리소설의 고전으로 꼽히는 애거사 크리스티의 『그리고 아무도 없었다』였다. 순문학에만 머무르지 말고 장르소설로 독서 분야를 확장해 보자는 의견이 나왔고, 그러자 현수가 자기 할머니가 좋아하는 책이라며 『그리고 아무도 없었다』를 추천했다.

책의 줄거리는 이렇다.

저마다 비밀을 간직한 열 명의 손님이 외딴섬에 초대받는다. 저택 곳곳에는 섬뜩한 내용의 동요 가사가 걸려 있고, 손님들은 동요 내용에 맞춰 차례로 죽음을 맞이한다.

추리소설을 처음 읽어본 회원들의 반응은 뜨거웠다. 최고다, 정말 재미있다, 범인을 안 순간 잠이 달아났다 등등 순수한 흥분이 듬뿍 담긴 찬사가 쏟아졌다. 책을 추천한 현수는 무척 뿌듯해하며 할머니에게 다른 고전 추리소설도 추천받아 보겠다고 했다.

하지만 지금, 현수는 주원의 말에 정색하며 변명을 늘어놓고 있었다.

"이벤트라니! 내가 이렇게 기분 나쁜 이벤트를 준비했겠어? 그리고 난 이 편지 안 넣었다고 몇 번을 말해!"

주원이 말했다.

"그럼 다른 사람이 엽서를 빼고 이 편지를 끼워 넣었나 보지."

우리에게서 멀찌감치 떨어져 있던 은서가 물었.

"누가?"

"그걸 내가 어떻게 아냐? 생각해 보면 우리 중 누구라도 이 집에 먼저 들어와서 그런 짓을 할 수 있었어. 어제 이현수가 현관 비번을 미리 알려줬잖아."

현수가 말했다.

"어쨌든 난 정말 아니야. 『죄와 벌』 말고도 너희한테 줄 책들 속에 다 엽서를 끼워놨어. 제발 믿어줘."

주원이 말했다.

"그럼 편지에 적힌 내용은 사실이야? 카톡도? 아까 카톡을 어떻게 훔쳐봤냐고 했잖아. 솔직히 말해봐, 정한별. 편지 내용이 뻥이라면 그냥 무시하면 되잖아."

"무시? 나 혼자 이런 일을 당했는데 너라면 무시할 수 있겠어?"

한별의 손안에 있던 종이가 구겨졌다. 현수가 한별의 팔을 잡았다.

"그만하고 나가자. 우리 할머니 별장에서 벌어진 일이니 내가 대표로 사과할게. 그냥 없던 일로 하고……."

"됐고, 『죄와 벌』 말고 다른 책도 빼봐. 거기에는 네가 쓴 엽서가 들어 있는지 확인해야 할 거 아냐."

한별이 책장 한쪽을 가리켰다.

"저기 있네. 내 최애 소설인 에밀리 브론테의 『폭풍의 언덕』. 저건 나한테 주려고 했던 책이지?"

현수가 말릴 틈도 없이 한별이 팔을 뻗어 『폭풍의 언덕』

을 꺼냈다. 한별의 손이 책장을 빠르게 넘겼다.

한별의 표정이 다시 한번 차갑게 식었다. 한별도 예상하지 못했을 것이다. 그 안에 정말로 또 다른 편지봉투가 들어 있을 줄은.

아까와 똑같은 푸른빛 봉투.

겉에는 '이현수에게'라고 적힌 종이가 붙어 있었다.

3

 우리는 다시 거실로 돌아왔다.
 현수는 자신의 이름이 적힌 봉투를 쥔 채 탁자를 응시하고 있었다. 편지가 발견되자마자 현수가 서재를 나가는 바람에 남은 우리도 덩달아 1층으로 내려왔다. 다들 아까와 같은 자리에 앉아 입을 다문 채 현수를 곁눈질했다. 편지를 읽어보라고 현수를 재촉하는 사람은 없었다. 한별이 받은 편지처럼, 혹시라도 불미스러운 과거가 담겨 있다면 그건 현수의 사생활이니까.
 침묵의 시간은 길지 않았다. 현수가 결심한 듯 입을 열었다.

"내 이름이 적혀 있으니까 일단 내가 읽어볼게."

다들 편지의 내용이 궁금했던 걸까. 아무도 현수를 말리지 않았다. 우리는 숨죽인 채 현수가 들고 있는 편지에 시선을 고정했다.

3년 동안 독서 모임을 무탈하게 이끈 서글서글한 아이. 말수가 적은 은서에게도 참여할 기회를 공평하게 주고, 한별이 책과 상관없는 수다를 떨면 능숙하게 화제를 돌렸다. 주원이 까칠한 태도로 말을 툭툭 내뱉을 때도 분위기를 부드럽게 환기시켰다.

이런 마음을 품으면 안 된다는 걸 알지만 궁금하다. 저런 아이에게도 감추고 싶은 비밀이 있을까.

편지를 너무 빤히 쳐다봤던 모양이다. 현수가 나를 보며 떨떠름하게 웃었다.

"뭐라고 쓰여 있는지 그렇게 궁금해?"

"그게 아니라……."

"다들 같은 마음이겠지. 괜찮아, 나라도 편지 내용이 궁금했을 거야. 괜히 숨겼다가는 대단한 비밀이라도 담겨 있나 의심할 테니까 돌아가면서 읽어봐."

현수가 나에게 제일 먼저 편지를 건네는 바람에 얼굴이

화끈거렸다. 나는 세 장의 편지 중 첫 장을 펼쳤다. 한별이 받았던 편지와 같은 형식의 글이었다.

너의 엄마는 케이블 채널 TDC에서 방영하는
〈소비자 특공대〉의 강소연 PD다.
강소연 PD는 부족한 근거로 선량한 식당을 고발해
한 가족의 삶을 무너뜨렸다.

엄마를 따라 텔레비전에서 한두 번쯤 본 적 있는 프로그램이었다. 맛집으로 이름난 식당부터 화장품이나 장난감 회사 등 유명 업체의 비리를 파헤치는 꽤 유명한 방송이다.

나는 옆에 앉은 주원에게 첫 번째 종이를 건넨 뒤 두 번째 종이를 펼쳤다. 인터넷 뉴스 기사를 출력한 종이였다.

믿을 곳이 없다! 유명 맛집의 배신
기사 입력 202X. 07. 06. 14:04

최근 TDC 〈소비자 특공대〉에서는 맛집으로 알려진 서울의 무한리필 갈빗집의 실태를 폭로했다. 국내산 돼지고기만을 취급한다는 이 갈빗집의 고기를 회수해 검사한 결과, 고기 일부는 수입산

으로 밝혀졌다. 식당을 운영하는 A 씨는 농수산물 원산지 표시 위반 혐의로 기소될 예정이며, 방송을 본 시청자들은 식당 이름을 공개하라며 방송국 게시판에 비난을 쏟아냈다.

현수가 말했다.

"세 번째 종이에 적힌 내용은…… 그 식당 사장님이 인터넷에 올렸던 항의 글이야. 간단히 말하면 뭐, 자기도 피해자라는 거지. 식당을 취재할 때는 보통 출연자 두 명이 같이 가거든. 음식을 직접 먹어보고 맛을 평가할 사람이 필요하니까.

예전에 들은 얘기라 정확히 기억은 안 나는데, 엄마 말로는 그 갈빗집을 촬영했던 날에 출연자들의 일정이 꼬였댔어. 그래서 영업시간이 끝날 무렵에야 촬영을 시작했지. 사장님은 상태가 안 좋은 고기만 남았으니 다음에 다시 찍자고 했지만 엄마는 방송 일정 때문에 촬영을 강행했어. 출연자들은 이런 사정도 모른 채 갈비를 먹었고, 음식 맛을 나쁘게 평가했는데 그게 방송에 그대로 나갔지. 이후에 출연자들이 먹은 고기를 키트로 검사했더니 수입산 고기도 섞여 있는 걸로 밝혀졌어.

갈빗집 사장은 방송을 보고 항의했어. 촬영을 제시간에

시작하기만 했어도 고기 상태가 좋았을 거라고. 엄마가 반드시 그날 촬영을 끝내야 한다고 고집부리는 바람에 급하게 수입산 고기를 섞어서 채워 넣었다나. 무한리필집이니까 고기가 푸짐하게 쌓여 있는 모습이 나와야 하잖아. 그리고 고기 원산지를 검사한다는 얘기는 한마디도 없었다고 변명했지."

주원이 물었다.

"그래서? 너희 엄마 방송 때문에 그 식당이 망하기라도 했어?"

"응. 결국 문을 닫았다고 들었어. 하지만 그 사장님 말을 완전히 믿을 수는 없지. 이전부터 계속 수입산 고기를 팔고 있었는지 누가 알겠어? 그리고 원산지 검사는 원래 예고 없이 하는 거라고."

세 장의 편지는 우리를 거쳐 다시 현수의 손에 돌아왔다. 현수는 편지 한 장을 허공에 대고 흔들었다.

"이 편지에는 우리 엄마가 한 가족을 무너뜨렸다고 쓰여 있지만 그 가족이 어떻게 됐는지는 나도 몰라. 돈은 벌 만큼 벌었을 텐데 거지가 되기라도 했겠어?

솔직히 난 그 사장님한테도 잘못이 있다고 생각해. 촬영하러 오는 걸 알았으면 준비를 철저히 했어야지. 그랬다면 좋은 모습이 방송에 나갔을 테고, 식당도 훨씬 유명해졌을 거야."

현수의 목소리에는 옅은 분노가 묻어 있었다.

나는 생각했다. 좋은 모습뿐이었다면 방송에 나오지 않았을 거라고. 업체의 치부를 들춰서 시청자의 분노를 불러일으키는 게 그 프로그램의 목적이니까.

현수의 주장대로 그 식당은 수입산 고기를 계속 팔아왔을지도 모른다. 아니면 사장님의 항변대로 시간에 쫓겨 저지른 실수인지도 모른다. 이 편지에 담긴 정보만으로 진실을 파악하기는 어렵다.

하지만 나는, 얼굴도 모르는 현수의 엄마를 떠올리며 몸을 떨었다. 현수의 엄마는 키트 검사 결과를 본 순간 어떤 기분이었을까. 한 가족의 앞날은 아랑곳하지 않은 채, 마침내 방송에 내보낼 거리를 찾았다고 기뻐하지 않았을까.

현수는 자기 말에 동의를 구하듯 우리를 차례로 바라봤다. 나는 현수의 초조한 눈빛을 피해 결국 고개를 돌렸다.

"어쨌든 얘들아, 이 편지는 우리 엄마에 관한 거잖아. 너희도 알다시피 나랑 아빠는 대구에 살고, 엄마는 서울에 계셔. 방송 일이 하도 바빠서 주말에도 만나기 힘들다고. 그러니까 내가 이 일에 대해 부끄러워할 필요는 없지. 안 그래?"

4

말을 마친 현수는 홀가분해 보였다.

"어쨌든 나는 누명을 벗은 거지? 이런 얘기가 담긴 편지를 내가 뭐 하러 책 속에 넣겠어?"

아이들의 시선이 한별에게로 천천히 돌아갔다. 거실에 흐르는 무거운 공기로 나는 한별을 뺀 모두가 똑같은 생각을 하고 있음을 알 수 있었다.

현수는 편지의 내용이 사실이라고 인정했다. 그렇다면 한별이 받은 편지도 마찬가지일까.

한별이 고개를 치켜들자 아이들의 시선이 다급히 흩어

졌다.

"이렇게 된 거 나도 당당히 말할래! 먼저 뒤통수를 친 사람은 내가 아니라 걔니까."

주원이 한숨을 쉬었다.

"좀 알아듣게 말해봐."

"1년 전에, 그러니까 내가 고등학교 1학년이었을 때 우리 반에 좋아했던 남자애가 있었어. 독서 모임에서도 말했는데 기억 안 나? 아, 왜! 새 학기 첫날 교실에 들어갔는데 어떤 남자애한테 한눈에 꽂혔다고 했잖아."

은서가 조용히 손을 들었다.

"『에마』의 나이틀리 씨를 닮았다는……."

그 이름을 듣는 순간, 나도 그날의 기억이 떠올랐다.

나이틀리는 제인 오스틴의 소설 『에마』에 등장하는 남자 주인공으로, 점잖고 현명한 신사다. 하필 그날의 선정 도서가 『에마』였다. 한별이 소설 대신 자기가 반한 남자애 이야기를 한참 떠드는 바람에 흥미진진하기도, 답답하기도 했던 시간이었다.

한별이 말을 이었다.

"걔는 다른 남자애들이랑 차원이 달랐어. 욕도 안 쓰지, 장난도 안 치지, 엄청 잘생겼는데 공부도 잘했다니까? 걔를 처음 본 순간부터 고백하려고 호시탐탐 기회를 노렸지. 그런 애는 뜬금없이 들이대면 질색할지도 모르니까 간간이 말을 걸고 은근히 챙겨주기도 하고. 아무튼 나 나름대로 몇 달 동안 작업을 했단 말이야. 내가 걔를 찜했다는 걸 우리 반 여자애들은 다 알았어. 근데 무슨 일이 벌어졌는지 알아? 걔가 내 절친이랑 몰래 사귀고 있었어! 아니, 그런 애는 친구라고 할 수도 없어. 이게 말이 돼, 애들아? 내가 그 남자애를 좋아하는 걸 뻔히 알면서 어떻게 그럴 수 있냐고!"

주원은 한별이 쥐고 있던 편지를 턱짓으로 가리켰다.

"카톡창 내용 안 읽었냐? 나이틀리 씨가 네 친구한테 먼저 고백했다잖아."

"아니야, 그럴 리가 없어! 너희가 그 애를 못 봐서 그래. 나보다 키도 작고 얼굴도 별로라고. 그리고 진짜 고백했다고 하더라도 날 생각해서 거절했어야지!"

"본인이 얼마나 예쁘다고 생각하는지는 모르겠지만 외모가 다는 아니거든? 성격은 너보다 좋았나 보지."

한껏 달아오른 얼굴로 떠들던 한별은 주원을 매섭게 노려봤다. 주원은 한숨을 쉬며 고개를 돌렸.

내가 물었다.

"그래서 그 여자애한테 뭘 어떻게 했는데? 무슨 소문을 퍼뜨렸다는 거야?"

"그게…… 걔가 사실은 남자 킬러라고. 다른 애들 남친을 뺏는 게 취미라고. 그러니까 다들 조심해야 한다고……."

"유치하게 무슨 짓이야?"

현수가 찌푸린 얼굴로 말을 이었다.

"한별이 너, 또래 상담 동아리인가? 학교에서 그런 동아리 부장도 하고 있다며!"

"야, 이현수! 그러는 너희 엄마는? 방송국 PD면 멀쩡한 식당을 마음대로 들쑤셔도 돼?"

"우리 엄마 얘기는 끝났잖아. 왜 또 들먹이는데!"

내가 끼어들었다.

"둘 다 진정해. 우리끼리 싸울 일이 아니잖아. 일단 한별이 얘기부터 끝까지 들어보자."

한별은 현수를 보며 코웃음 쳤다. 이제는 될 대로 되라는 표정이다.

"난 그 애랑 중3 때도 같은 반이었거든. 걔가 다른 여자애랑 엄청 심하게 싸운 적이 있었어. 그게 사실은 또 남친을 뺏어서 그랬던 거라는 소문을 지어냈지. 하지만 나도 소문이 그렇게 빨리 퍼질 줄은 몰랐어. 세 사람이 알면 모든 사람이 알게 된다는 말이 생각나더라. 솔직히 남의 일에 대해 떠드는 것만큼 재밌는 일도 없잖아?

근데 소문이라는 게 말이야, 소설이랑 똑같더라고. 시간이 갈수록 스토리가 쭉쭉 만들어지는 거야. 사실은 그 여자애 아빠가 돌아가셔서 엄마랑 둘이 살았거든. 아빠가 없는 게 아니라 지금 감옥에 있다, 아빠를 닮아서 머리가 살짝 이상하다, 한번 폭주하면 아무도 못 말린다 등등.

어쨌든 그 애는 외톨이가 됐어. 우리 무리에서는 진작 쫓겨났고. 그런 소문이 도는 애랑 누가 어울리고 싶겠어? 결국 얼마 못 버티고 전학을 가더라.

걔랑 주고받은 카톡을 어떻게 손에 넣고, 누가 책 사이에 이딴 편지를 끼워 넣었는지는 모르겠지만 먼저 잘못한 사람은 그 여자애야. 내가 찜한 애를 건드리지만 않았어도 이런 일은 없었다고!"

한별이 자기 입을 틀어막았다.

"혹시 걔가? 그 애가 여기 들어와서 편지 넣은 거 아냐?"

현수가 물었다.

"걔한테 여기 온다고 말했어? 별장 비번도 알려주고?"

"돌았니? 내가 이런 독서 모임을 하는 건 아무도 몰라.

너희도 알잖아. 고전소설을 좋아한다고 말했다가는 다들 이상한 애로 볼걸? 어쨌든 너희는 내 편을 들어야지! 그 여자애 친구들이 아니라 내 친구들이잖아!"

주원이 말했다.

"쉴드를 쳐줄 수 있는 일이 있고, 없는 일이 있는 거야. 상담 동아리 부장이라고 그렇게 자랑하더니 어이가 없네. 다른 애가 이런 문제로 상담하면 그때는 뭐라고 조언해 줄래? 인간의 이중적인 모습이야 고전소설에서도 수없이 봐 왔지만 내 눈앞에서 이런 일이 생기니 당황스럽네. '인간은 하나가 아니라 사실은 둘이다.' 어디에 나왔던 문장이지?"

현수가 중얼거렸다.

"로버트 루이스 스티븐슨.『지킬 박사와 하이드』."

"아, 진짜! 내가 지킬 박사처럼 사이코라는 거야? 몇 번이나 얘기해! 걔가 먼저……."

아이들의 대화를 묵묵히 듣고 있던 나는 결국 못 참고 물었다.

"그 여자애가 전학을 가고, 그럼 넌 그 남자애랑 사귀게 됐어?"

"아니……."

한별의 대답을 끝으로 거실에는 또다시 침묵이 내려앉

왔다.

나는 마주 앉은 한별의 얼굴을 피해 함박눈이 쏟아지는 창문으로 고개를 돌렸다. 한별을 담담한 표정으로 볼 자신이 없었다. 한별은 다른 회원들의 이야기에 가장 열심히 호응해 주고 가장 많이 웃어주며, 우리 모임을 늘 화기애애하게 만들어준 아이였다.

독서 모임을 시작한 지 반년 정도 되었을 때, 한별은 화상채팅 프로그램 안에서 나에게 따로 메시지를 보냈다. 회원들 얼굴이 궁금해 못 견디겠다며 우리끼리라도 사진을 주고받자고 했다. 나는 현수가 했던 말을 핑계 삼아 한별의 제안을 거절했다. 첫 번째 독서 모임이 열렸던 날, 현수는 서로의 연락처를 공유하지 말자고 당부했다. 자기가 알아본 바로는 수많은 독서 모임이 개인적인 친분을 나누다 문제가 생겼다고 했다. 우리가 서로의 전화번호를 주고받은 것도 이 별장에서의 모임이 확정된 다음이었다.

현수 핑계를 대긴 했지만 한별의 제안을 거절한 이유는 내 열등감 때문이기도 했다. 한별 같은 아이는 분명히 얼굴도 예쁘고 인기도 많으리라 생각했다. 그런 아이에게 내 평범한 외모를 보이기가 부끄러웠다.

하지만.

편지에 적힌 사건은 한별의 명백한 잘못이다.

그 남자애에게 고백받았을 때 한별의 친구도 분명히 한별을 의식했을 것이다. 미안한 마음도 들었을 것이다.

그렇다면 한별의 친구는 그 고백을 거절해야 했을까. 한별이 받을 상처를 생각한다면 그래야 했는지도 모른다. 하지만 어떤 경우에도 한별은 그런 짓을 해서는 안 됐다.

피로가 몰려왔다. 온몸이 소파 위로 무너져 내리는 듯했다. 여기 모인 아이들이 너무도 완벽한 타인처럼 느껴졌다.

주원이 말했다.

"됐고, 이쯤에서 그만하자. 서로의 흑역사를 들추려고 여기 온 건 아니잖아? 다들 마음속에 비밀 하나쯤은 품고 살아가는 거 아냐? 이현수, 혹시 이 집에 텔레비전 있어? 모파상의 「목걸이」를 드라마로 볼 수도 있는……."

"장난해, 고주원? 뭘 그만하자는 거야?"

한별이 차갑게 말했다.

"다른 책에도 편지가 들어 있는지 확인해야지."

1

"내 이름이 적힌 편지는 김유정이 선물로 받을 『죄와 벌』, 이현수 이름이 적힌 편지는 내가 받을 『폭풍의 언덕』에 들어 있었어. 우린 다들 서로의 최애 소설이 뭔지 알잖아. 고주원의 최애는 『고리오 영감』, 이현수는 『노트르담 드 파리』, 최은서는 『인간 실격』. 나머지 책들도 다 펼쳐서 편지가 들어 있는지 확인해야지."

한별의 말에 현수가 맞장구쳤다.

"나도 그렇게 생각해. 다른 책에도 편지가 있는지 궁금하기도 하고, 우리의 첫 모임을 이렇게 찝찝하게 마무리할 수는 없지. 누가 이런 짓을 했는지는 모르겠지만 너무 악의적이잖아. 만약 자기 이름이 적힌 편지가 책 속에 들어 있지 않다면 그 사람이 범인 아닐까?"

내가 물었다.

"설마 우리 중에 범인이 있다고 생각하는 거야?"

"그건 나도 몰라."

심장박동이 빨라졌다. 거실 공기가 더욱 후텁지근하게 느껴졌다.

내 이름이 적힌 편지도 들어 있을까. 그 일을 아는 사람은 아무도 없을 텐데.

주원이 황당하다는 듯 한쪽 입꼬리를 올렸다.

"좋게 넘어가려고 했더니 안 되겠네. 정한별은 그렇다 치고 이현수 너까지 이러기냐? 솔직히 너희만 쪽팔리기 싫다는 거잖아. 그렇게 억울하면 마음대로 해봐."

은서가 다급히 말했다.

"난…… 싫어. 내 이름이 적힌 편지가 나온다 해도…… 너희한테 내 사생활을 공개할 의무는 없잖아."

은서가 도움을 청하는 얼굴로 나를 봤다. 나도 반대하고 싶었지만 그랬다가는 괜한 의심을 받을지도 모른다.

하지만 정말로 내 이름이 적힌 편지가 나온다면. 그 일을 아이들 앞에서 말해야 한다면.

사방의 벽이 살아 있는 것처럼 꿈틀거리며 나를 조여오는 듯했다. 변명을 늘어놓는 내 모습을 떠올리기만 해도 손바닥이 축축해졌다. 반대로 편지가 나오지 않는다면, 그래서 범인으로 몰린다면 그것 또한 난처하다.

현수의 목소리가 부드럽게 바뀌었다.

"그럼 이렇게 하자. 일단 나머지 책을 펼쳐서 편지가 들어 있는지만 확인하는 거야. 거기 적힌 내용까지 밝히라고는 강요하지 않을게."

아무도 반대하지 않자 한별과 현수가 자리에서 일어났다. 나머지 아이들도 떨떠름한 얼굴로 앞장선 두 사람을 따라갔다. 다 같이 처음 서재에 들어갔던 때와 달리 이번에는 누구도 입을 열지 않았다.

서재에 들어온 한별이 선언하듯 말했다.

"확인할 책은 『고리오 영감』, 『노트르담 드 파리』, 『인간 실격』이야. 뭐 해, 이현수. 빨리 꺼내봐."

현수는 세 권의 책을 책장에서 꺼낸 뒤 나와 주원, 은서에게 무작위로 한 권씩 건넸다.

내가 받은 책은 『인간 실격』. 전집의 다른 책처럼 작가인 다자이 오사무의 초상화가 표지에 흑백 스케치로 그려져 있다. 혹시 내 이름이 적힌 편지가 들어 있다면…….

책장을 넘기는 손이 떨렸다. 중간쯤 이르렀을 때 진한 푸른빛의 편지봉투가 보였다. 내 옆에 서 있던 한별이 봉투를 빠르게 낚아챘다.

"이건 고주원한테 온 편지……."

한별이 말을 끝맺기도 전에 주원이 봉투를 다시 빼앗았다. 억울하면 마음대로 하라고 여유를 부리던 모습은 보이지 않는다. 주원은 봉투를 들고 황급히 서재 구석으로 걸어갔다.

이번에는 은서의 입에서 작은 비명이 터졌다. 은서가 들고 있던 『노트르담 드 파리』가 바닥으로 둔탁한 소리를 내며 떨어졌다. 현수가 허리를 굽혀 책과 봉투를 집어 들었다.

"최은서. 너한테 온 편지야."

은서는 겁에 질린 얼굴로 현수에게서 편지를 받았다. 한별이 주원에게 물었다.

"네가 받은 책은? 거기에도 뭐가 들어 있어?"

주원은 자신의 이름이 적힌 편지를 읽고 있었다. 한별을 쳐다보지도 않은 채 옆구리에 끼고 있던 『고리오 영감』을 한별에게 건네며 중얼거렸다.

"이 안에는 아무것도 없어."

그럴 리가 있겠냐는 듯 한별은 『고리오 영감』의 책장을 한 장씩 정성스레 넘겼다.

내 이름이 적힌 편지만 발견되지 않았다. 생각지도 못한 상황에 다리에서 힘이 풀렸다.

얼마나 지났을까. 현수가 말했다.

"이제 그만하자. 유정이 이름이 적힌 편지는 없어."

내가 다급히 말했다.

"그럼 내 편지는 다른 책에 들어 있지 않을까? 이 전집 말고 다른 출판사에서 나온 『고리오 영감』은 없어?"

그 일이 드러나는 것, 아니면 범인으로 몰리는 것. 둘 중 어느 쪽이 더 끔찍할까.

이성적인 판단을 내릴 여유 따위는 없었다. 아이들의 의심 가득한 눈초리를 받으며 이제는 내가 가장 적극적으로 내 이름이 적힌 편지를 찾기 시작했다.

책장에 꽂힌 책들은 작가의 국적별로 깔끔히 정리되어 있었다. 건너편 책장에서 다른 출판사의 『고리오 영감』을 한 권 더 발견했지만 편지는 들어 있지 않았다.

침착하려 애써도 내 목소리는 한심할 정도로 떨렸다.

"저기…… 서재가 여기뿐이야? 여긴 책상도 없잖아. 혹시 너희 할머니 책상에 다른 『고리오 영감』이 꽂혀 있지는 않을까? 내 편지만 안 나온다니 말이 안 되잖아."

현수는 나와 눈도 마주치지 않은 채 말했다.

"글을 쓰시는 방이 따로 있긴 한데……."

은서가 말했다.

"그래도…… 유정이가 원하면 확인해 보는 게……."

"좋아, 다들 따라와."

우리는 현수를 따라 서재를 나왔다. 현수는 맞은편에 있는 방문을 열며 딱딱하게 말했다.

"여긴 서재처럼 함부로 뒤지면 안 돼."

방은 서재보다 훨씬 작았고, 가구라고는 창문을 등진 채 놓여 있는 원목 책상과 작은 화분, 소품 따위가 놓인 장식장뿐이었다. 책상 위에는 노트북 컴퓨터와 연필꽂이, 공책 한 권이 가지런히 놓여 있었다.

현수가 말했다.

"서랍은 내가 열어볼게."

나는 간절한 마음으로 서랍이 열렸다 닫히는 소리에 귀를 기울였다. 현수가 말했다.

"없어."

"저기, 얘들아……. 혹시 이거……."

은서의 떨리는 손가락이 책상 옆 쓰레기통을 가리켰다.

주원이 그 안에서 구겨진 카드 같은 것들을 집어 들었다. 현수의 입이 멍하니 벌어졌다.

"그래, 이거야! 내가 책 속에 넣어 놨던 엽서들이라고! 누가 여기 갖다 버렸지?"

한별이 머리카락을 짜증스럽게 쓸어 넘기며 소리쳤다.

"아, 진짜! 이게 도대체 무슨 일인데! 누가 이딴 짓을 벌인 건데!"

한별의 차가운 시선이 나에게 꽂혔다.

"김유정, 너야? 네가 우리한테 편지 보냈니? 편지가 안 나온 사람은 너뿐이잖아!"

2

거실로 돌아오는 동안, 한 가지 생각만이 머릿속을 맴돌았다.

도망칠까.

겉옷과 가방을 들고 현관을 나서기만 하면 된다.

하지만 몸집을 부풀린 눈발이 여전히 쏟아지고 있다. 정원의 잔디와 디딤돌도 눈에 파묻혀 보이지 않는다. 그림처럼 아름답던 풍경이 이제는 나의 두 발을 옭아맬 덫처럼 느껴졌다.

기차역까지 가는 버스가 올까. 버스가 안 오더라도 다른 방법이 있을 것이다. 핸드폰 앱으로 택시를 부르면 된다. 택시도 오지 않는다면 기차역까지 걸어갈 수도 있다. 하지도 않은 일에 대해 변명하느니 눈길을 걷는 편이 낫다. 저 애들의 연락처를 모두 삭제하고, 다시는 독서 모임에 참여하지 않으면 된다. 우리는 어차피 사는 곳도 학교도 다르다. 아무 일도 없었던 듯이 내 삶을 살아가면 된다.

하지만……. 나는 생각했다.

억울하다.

도망치면 저 애들은 내가 편지를 넣었다고 단정 지을 것이다.

침착하자. 나는 아무 짓도 하지 않았다. 내 이름이 적힌 편지가 나오지 않았다는 건 이 중에서 내가 제일 나은 사람이라는 증거다.

나는 탁자에 흩어진 책과 엽서들을 노려보며 이곳에서 벌어진 일들을 필사적으로 되짚었다. 그러자 무심히 지나쳤던 사소한 일들도 내 의심을 머금고 몸집을 부풀리기 시작했다.

"나는 편지를 넣은 적이 없어. 지금부터 내가 왜 범인이 아닌지 설명할게."

현수가 내 말을 끊었다.

"그래, 아깐 나도 당황했는데 유정이 이름이 적힌 편지가 안 나왔다고 해서 유정이가 범인이라는 뜻은 아니지. 일단 유정이 얘기부터 들어보자고."

나는 천천히 심호흡한 뒤 입을 열었다.

"내가 범인이라면 당연히 내 이름이 적힌 편지도 책 속에 넣었을 거야. 그래야 이렇게 의심받는 일을 피할 테니까. 우리 중 한 명이 범인이라고 가정한다면, 누구라도 서재에 들어가서 편지를 넣을 시간이 있었어. 아니, 일부러 그런 시간을 만들어준 사람도 있었지."

한별이 미간을 찡그렸다.

"그게 무슨 말이야?"

"내가 이 집에 왔을 때 나는 서재에 들어갈 생각이 전혀 없었어. 현수는 마음대로 구경해도 된다고 했지만 먼저 들어가기는 찜찜했거든. 하지만 정한별, 네가 굳이 서재를 구경하라고 나를 떠밀었지. 아이스티를 만들어준다더니 한참이 지나도 부르지 않았고. 고작 아이스티 한 잔을 만드는 데 그렇게 오랜 시간이 걸릴까? 날 일부러 서재에 오래 두려고 했던 건 아니고?"

"겁나 황당하네. 내가 왜 그런 짓을 해?"

"아까처럼 날 범인으로 몰고 싶어서. 내 이름이 적힌 편지도 안 나온 데다, 서재에서도 유난히 오래 머물더라, 엽서를 버리고 책에 편지를 끼워 넣느라 그랬나 보다, 하는 식으로 더 의심받게 할 수 있으니까."

"너도 책을 좋아하니까 구경하라고 했을 뿐이야! 그리고 갑자기 친구한테 전화가 와서 못 불렀던 거고! 내 핸드폰이라도 보여줘?"

"정한별, 넌 빨리 책 선물을 달라며 현수를 재촉하기도 했어. 네가 아니었다면 현수는 예정대로 우리가 헤어지기 직전에 책을 줬겠지. 넌 왜 그랬을까? 독서 토론도 끝났으니 편지들이 슬슬 발견되게 하고 싶었던 건 아닐까?"

나는 한별의 씩씩거리는 숨소리를 피해 윗자리에 앉은 현수에게 고개를 돌렸다.

"그리고 이현수. 모두가 알다시피 여긴 네 할머니의 별장이야. 꼭 오늘이 아니더라도 언제든지 들러서 편지를 넣을 수 있었겠지. 쓰레기통에 버려진 엽서도 네가 범인인 걸 감추기 위한 속임수는 아니었을까? 그리고 넌 어제 보낸 카톡에서 굳이 서재를 마음대로 구경하랬어. 우리가 다 모인 뒤에 데려갈 수도 있었을 텐데."

현수의 목덜미가 빨개졌다.

"좋은 뜻으로 했던 말을 그렇게 의심한다고? 너희가 고마워서 쓴 엽서인데 속임수라니! 그리고 서재를 구경하라고 했던 건 너희도 책을 좋아하니까…….”

"게다가 다른 애들과 달리 네 이름이 적힌 편지에는 너희 어머님에 대한 과거가 담겨 있었지.”

"그렇게 단정 짓지 마! 주원이랑 은서가 받은 편지에는 무슨 말이 적혀 있는지 모르잖아.”

나는 옆자리에 앉은 주원을 바라봤다.

"첫 오프라인 모임을 제안한 사람은 바로 너야. 네가 강력히 주장하지만 않았어도 우리가 한자리에 모일 일은 없었겠지. 지금 생각하면 참 이상해. 우리 중에 제일 까칠한 네가 굳이 만남을 제안한다고? 혹시 우리한테 이런 짓을 하기 위해서는 아니었을까?

그리고 너한테도 편지를 넣을 시간은 충분히 있었어. 이 집에 들어오자마자 가방도 벗지 않고 서재로 올라갔잖아. 과연 네 가방에는 뭐가 들어 있었을까?”

주원의 눈빛이 변했다. 그 아름다운 눈동자에 담긴 적의에 내 심장은 뻐근할 정도로 날뛰었지만, 나도 지지 않고 주원을 노려봤다.

주원이 으르렁거리듯이 말했다.

"웃기는 소리 하지 마! 내년이면 다들 고3이잖아. 입시 때문에 독서 모임이 흐지부지되고 있으니까 좋은 뜻으로 만나자고 한 거야!"

"네가 아까 말했지. 모든 인간은 자기 안에 두 얼굴을 가지고 있다고. 네가 어떤 마음으로 이 모임을 추진했는지는 모르겠어."

나는 마지막으로 은서를 바라봤다.

실내가 이렇게 더운데도 은서는 두 팔을 감싸안은 채 어깨를 떨고 있었다. 그 애처로운 모습에 마음이 흔들렸지만 나는 어떤 감정도 섞이지 않은 어조로 말했다.

"가장 범인이 아닐 것 같은 너도 의심을 피할 수는 없어. 너도 이 별장에 오자마자 화장실에 다녀온다고 자리를 비웠으니까. 그사이에 얼마든지 서재로 가서 편지를 넣을 수 있었을 거야. 편지들이 들어 있던 전집은 금세 찾을 수 있었으니까."

"난…… 가방도 안 메고 갔는데……."

"편지 네 통을 굳이 가방에 넣을 필요는 없지. 네가 입고 있던 롱패딩 주머니에도 얼마든지 들어갈 테니까. 게다가 넌 한별이가 패딩을 벗으라고 했을 땐 소스라치게 놀라며 거절했지만 가방은 벗어서 현수에게 줬어. 거추장스러운 패딩을 왜 굳이 화장실까지 입고 갔을까? 그리고……."

갑자기 말문이 막혔다.

무언가 놓치고 있다는 느낌이 들었지만 무엇 때문인지 떠오르지 않았다. 하필이면 그때 주원의 목소리가 나를 방해했다.

"그래서 넌 정말로 우리 중 한 명이 그랬다고 생각해? 각자의 최애 소설에 다른 사람의 흑역사가 담긴 편지를 끼워 넣는다고? 추리소설도 아니고, 이런 일이 어떻게 현실에서 벌어져!"

"범인이 누구인지는 나도 몰라. 지금까지 이런 얘기를 한 건 너희도 범인으로 몰릴 이유가 충분하다는 걸 알려주고 싶어서였어."

하고 싶은 말은 끝났다.

나는 참았던 숨을 내쉬며 고개를 떨어뜨렸다. 떨리는 손을 들키지 않기 위해 기도하듯 두 손을 마주 잡았다.

현수가 말했다.

"나랑 한별이는 편지에 적힌 내용이 뭔지 솔직하게 말했어. 그러니까 고주원과 최은서. 너희도 털어놓으면 어떨까? 너희 편지를 보면 범인을 추리할 만한 단서가 보일지도 몰라. 대신 여기에서 들은 내용은 반드시 비밀로 하기로 약속하자. 어차피 우리는 다들 멀리 떨어진 곳에서 사니까 상관없잖아."

은서가 울음 섞인 목소리로 말했다.

"난…… 싫어. 고주원이랑 나는…… 우린 둘 다 서울에 산단 말이야."

한별이 물었다.

"서울은 엄청 크지 않아? 둘이 가까운 데 살아? 무슨 동에 사는데?"

현수가 답답하다는 표정으로 한별을 쳐다봤다.

"면적으로 따지면 부산이 서울보다 넓지. 지금 중요한 건 그게 아니고, 은서야, 넌 누가 이런 짓을 했는지 궁금하지 않아? 네가 싫다면 어쩔 수 없지만……."

'응, 싫어'라고 대답하듯 은서가 쥐고 있던 편지봉투가 소리를 내며 구겨졌다.

나는 마른침을 삼키며 밑바닥이 드러난 머그잔을 바라봤다. 긴장해서 흘렸던 땀이 식으며 목이 칼칼해졌다. 차가운 물 한 잔이 간절했지만 얼어붙은 분위기 탓에 몸을 움직일 수가 없었다.

그때였다. 주원의 목소리가 정적을 깨뜨렸다.

"생각할수록 황당하네. 범인을 추리할 만한 단서? 추리 소설 한 권 읽었다고 자꾸 범인이 어쩌고저쩌고하는데 엄청 웃기는 거 알지? 내가 무슨 짓을 했는지 알고 싶어 죽겠나 본데 그렇게 궁금하면 깔 테니까 실컷 들어봐!"

주원이 봉투에서 편지를 거칠게 꺼냈다. 그러고는 큰 소리로 읽기 시작했다.

너는 아버지의 자동차를 몰다
무면허 교통사고를 냈다.
그 사고로 차에 함께 탔던 아이는
왼손에 심각한 부상을 입었다.

모두의 눈이 휘둥그레졌다.
현수가 한 손으로 자신의 입을 막으며 중얼거렸다.
"고주원, 너…… 진짜 미쳤구나."

3

"그래, 이 편지에 적힌 내용은 모두 사실이야. 다른 종이에 실린 인터넷 기사도 내 얘기고.

중3 겨울방학 직전이었지, 아마. 그날도 아빠한테 신나게 두들겨 맞을 뻔했어.

어이, 너희들. 눈 좀 동그랗게 뜨지 마. 아빠한테 맞는 건 하루이틀 일이 아니었으니까. 원래 그 인간은 기분이 안 좋으면 손부터 올라가거든. 도대체 무슨 포인트에서 화가 나는지도 모르겠어. 별것도 아닌 일에 욱해서 엄마랑 나한테 버럭버럭 소리를 지르고 물건을 던지고. 제일 짜증 나는 건 성질을 잔뜩 부려놓고 자기가 먼저 사과하는데, 진심이 하나도 담겨 있지 않다는 거야. 갑자기 새 핸드폰을 들이밀거나 용돈을 주면서 얼렁뚱땅 넘기려고 하지.

이 상황에서 이런 말을 꺼내려니 웃기지만 내가 하루하루를 버틸 수 있었던 건 너희 덕분이었어. 소설을 읽고, 너희랑 책 얘기를 할 때는 그나마 잡생각이 덜 나더라고. 특히 코로나가 유행했던 시절에는 독서 모임이 있는 날만 기다렸어. 집 밖에도 마음 편히 못 나가니까 온종일 보는 사람이라고는 엄마 아빠밖에 없잖아. 화상채팅에서 얼굴을 비공개로 한 것도 뭔가 더…… 자유로운 기분이 들었고.

뭐라고, 이현수? 왜 지금까지 아빠 얘기를 안 했냐고? 너 같으면 얘기하고 싶겠냐? 그리고 괜한 동정심 같은 건 질색이니까.

서두가 길었네. 그날 무슨 일이 있었더라. 그래, 아빠가 회사에서 퇴근했어. 꽤 이름 있는 중소기업 사장인데 회사에서 또 열받는 일이 있었는지 들어올 때부터 기분이 안 좋더라고. 그렇게 다 같이 저녁을 먹던 중 엄마 핸드폰이 울렸어. 내가 다녔던 수학 학원에서는 수업 때마다 시험을 보고 점수를 학원 앱에 올렸는데, 꼭 밥 먹는 시간에 그만 걸 보냈단 말이지.

엄마가 알림 글을 보고 무심코 중얼거렸어.

이번엔 점수가 낮네.

아빠가 그 소리를 듣고 또 꼬투리를 잡은 거야. 뻔한 잔소리가 시작됐어. 점수가 왜 그따위냐, 그래서 대학은 가겠냐, 네 학원비는 땅에서 솟아나는 줄 아냐.

하, 밥맛 떨어지게 진짜.

이번 시험이 어려웠다고 하니까 말대꾸하지 말라며 골프채를 들고 오더라. 솔직히 내가 그 인간보다 키도 크고 힘도 세거든? 나도 벼르고 있었어. 나랑 엄마한테 또 한 번 손을 대면 본때를 보여주겠다고.

엎드려뻗치라길래 골프채를 확 빼앗았어. 그때 그 인간의 표정을 너희도 봐야 했는데. 완전 쫄았으면서 자존심은 또 있어가지고 나한테 온갖 욕을 퍼붓는 거야. 엄마는 자기가 잘못했다며 울고불고했고.

창피해서 더는 말도 못 하겠다.

그때는 나도 보이는 게 없었어. 아빠 자동차 키를 훔쳐서 밖으로 나갔지. 면허가 있었냐고? 야, 정한별. 넌 그걸 질문이라고 하냐? 중학생이 무슨 수로 면허를 따. 이 편지에도 '무면허 교통사고'라고 쓰여 있잖아. 근데 어떻게 운전했냐고? 넌 차에 관심이 없어서 모르겠지만 난 아니었거든? 자동차는 액셀을 밟으면 앞으로 가고 브레이크를 밟으면 서. 세상에 그렇게 쉬운 일이 없다고.

그래도 창문을 활짝 열고 달리니까 화가 슬슬 가라앉더라. 한편으로는 걱정이 되기도 했어. 엄마가 나 대신 맞고 있으면 어쩌나, 집으로 돌아가면 또 무슨 일이 생길까.

그러다 신호등에 걸려서 잠깐 멈췄는데 남자애 하나가 보였어. 이름은 이수호. 나랑 같은 반이었는데, 친구도 없이 맨날 만화나 그리는 찐따 같은 애였어. 학폭까지는 아니라도 남자애들 사이에서는 왕따나 다름없었지. 아무튼 걔가 나라 잃은 표정으로 찬 바람이 몰아치는 횡단보도 앞에 서 있는데 좀 안쓰럽더라고. 갑자기 나랑 같은 처지로 느껴졌다고 할까.

창문을 열고 인사했더니 자기도 태워달라더라? 운전석에 앉은 날 보고 놀라지도 않더라고. 그래서 조수석에 태우고 함께 달렸어. 뭐라고, 최은서? 걔랑 무슨 얘기를 했냐고? 기억은 잘 안 나지만 별 얘기 안 했을걸. 걔가 너무 우울해 보여서 말 걸기도 뭣했거든. 그렇게 계속 달리다…… 내가 잠깐 딴생각에 빠졌나 봐. 대교 가드레일을 들이받고 차가 멈췄어. 까딱하면 한강으로 다이빙할 뻔했지.

그래, 이현수. 내가 독서 모임에 몇 번 빠진 적이 있지.

바로 그때가 사고를 냈을 때야. 아니, 많이 다치지는 않았어. 목이랑 허리가 뻐근해서 물리치료만 몇 번 받은 정도? 의사도 운이 좋았다고 하더라. 그 뒤로 어떻게 됐냐고? 도로교통법 위반인가, 뭐 그런 걸로 경찰 조사 받고, 이수호도 나 때문에 재수 없게 조사받았지. 내가 무면허인 걸 알면서 그 차에 탄 개 잘못도 있더라고.

그 일로 아빠가 변했냐고? 야, 김유정. 네가 좋아하는 『죄와 벌』에도 이런 문장이 나오지 않냐? 인간의 본성은 좋든 나쁘든 쉽게 변하지 않는다고. 비싼 변호사를 써서 벌금형으로 끝난 줄 알라며 얼마나 큰소리를 쳤다고. 힘으로는 날 못 이긴다는 걸 깨달았는지 이제 때리지는 않지만.

김유정, 넌 내가 오프라인 모임을 추진했다고 날 범인으로 몰았지? 이제 왜 그랬는지 알겠냐? 단 하루라도 아빠가 있는 집을 떠나고 싶었고, 너희도 그만큼 만나고 싶었어. 여기에서는 마음이 좀 편할 줄 알았다고! 누가 이딴 짓을 했는지는 모르겠지만 잡히기만 해봐. 재수 없는 편지들 때문에 그 인간 얘기까지 하게 됐잖아.

크게 좀 말해, 최은서. 뭐라고 하는지 하나도 안 들려.

뭐? 이수호가 왼손을 심각하게 다쳤다는 건 무슨 소리냐고?

그건 나도 몰라. 난 왼쪽 팔꿈치가 부러졌다는 말만 들었어. 그래, 당연히 수술도 했지. 그 뒤로는 아무 소식도 못 들었어. 사고가 났을 때가 겨울이었고, 고등학교는 서로 다른 곳에 갔으니까.

아빠가 그깟 시험 점수 가지고 욱하지만 않았어도 이런 일은 없었어. 그러니까 그때 벌어진 사고는 결국 아빠 잘못이라고.

이제 알아듣겠어?"

4

 말을 멈춘 주원은 눈을 감으며 소파에 등을 기댔다. 흥분이 가라앉지 않는 듯 주원의 가슴은 한동안 위아래로 크게 들썩였다. 벽시계는 어느새 5시 반을 가리켰다. 나는 숨소리도 내지 못한 채 창밖으로 고개를 돌렸다. 조금씩 깔리기 시작한 저녁 어스름 속으로 눈은 여전히 소리 없이 쏟아지고 있었다.

 현수가 혼잣말처럼 중얼거렸다.

 "대단하네. 아무리 화가 나도 그렇지, 어떻게 차를 몰고 나갈 생각을 했을까."

내가 말했다.

"더 큰 사고가 났으면 어쩔 뻔했어? 훨씬 많은 사람이 다칠 수도 있었어. 이수호한테 제대로 사과한 적은 있어? 너 때문에 수술까지 받았다며."

"그게 왜 나 때문인데! 난 이수호를 태울 생각이 전혀 없었다고. 우리 집에서 걔 병원비도 내주고 위로금까지 얹어줬댔어. 그만큼 했으면 됐지 뭘 더 어떻게 하라는 거야?"

물을 머금고 부풀어 오르는 스펀지처럼 가슴이 답답해졌다. 아빠 때문에 화가 나서 차를 몰고 나갔으니 내 잘못이 아니야, 돈을 넉넉히 줬으니 우리 집의 잘못도 아니야. 그렇게 말한다면 이수호라는 아이는 누구에게 사과를 받아야 할까.

"그 말을 들으니까 너희 아빠가 생각나네. 너희 아빠도 돈으로 얼렁뚱땅……."

주원의 격한 목소리가 내 말을 잘랐다.

"야, 김유정! 넌 그렇게 잘나서 편지 한 장 안 들어 있냐? 이제는 나도 네가 의심스럽네. 사사건건 우리한테 태클이잖아!"

"나 화장실 좀……."

은서가 창백한 얼굴로 몸을 일으켰다. 은서의 무릎 위에 있던 편지가 바닥으로 떨어졌지만 은서는 그것조차 눈치채지 못했다. 이 상황을 더는 못 견디겠는지 은서는 몸을 휘청거리며 거실을 빠져나갔다.

다들 숨을 죽인 채 바닥에 떨어진 편지를 쳐다봤다. 은서가 완전히 사라지자마자 한별이 잽싸게 편지를 집었다.

현수가 외쳤다.

"보지 마. 은서 거잖아!"

"웃기지 마, 이현수. 너도 편지가 떨어졌을 때 은서한테 안 알려줬잖아!"

현수가 한별에게 손을 내밀었다.

"이리 줘. 은서가 오면 돌려주게."

"싫은데? 넌 왜 맨날 은서 편만 들어? 운영자면 회원들을 공평하게 대해야지!"

"내가 언제 은서 편만 들었는데!"

현수가 의자에서 일어나자 한별은 편지를 들고 거실 구석으로 도망쳤다. 주원은 자기와는 상관없는 일이라는 듯 꼼짝도 하지 않았다. 나는 자리에서 일어나긴 했지만 어찌할 바를 모른 채 거실에서 펼쳐지는 추격전을 지켜봤다.

"아, 진짜! 편지 달라니까!"

한별은 현수의 말을 무시하고 봉투에서 편지를 꺼냈다.

현수가 한별의 손목을 움켜잡자 한별이 비명을 지르며 편지를 떨어뜨렸다. 그때였다. 주원이 소파에서 일어나더니 두 사람 쪽으로 성큼성큼 걸어갔다. 그러고는 긴 팔로 바닥에 널브러진 편지를 낚아챘다.

현수가 외쳤다.

"야, 고주원! 너까지 왜 그래!"

"최은서만 빠져나갈 수는 없지! 내가 아까 한 말 못 들었어? 범인을 잡으면 가만 안 둔다고 했잖아!"

현수가 주원에게 달려들었지만 주원은 현수의 어깨를 잡고 바닥으로 쓰러뜨렸다. 한별의 날카로운 비명이 다시 한번 허공을 울렸다.

주원은 어깨를 붙잡힌 채 신음하는 현수를 내려다보며 엉망으로 구겨진 편지를 펼쳤다. 주원의 입에서 짧은 헛웃음이 터졌다. 주원은 옆에 서 있던 한별에게 편지를 건넸고, 한별도 다 읽은 편지를 현수에게 내밀었다. 그러나 현수는 고개를 흔들었다.

"미안. 안경 괜찮냐?"

주원이 현수를 일으키려 했지만 현수는 주원의 손을 뿌리쳤다. 주원의 시선이 내 쪽으로 향했다.

"김유정, 너도 알고 싶지? 이 편지에 뭐라고 쓰여 있는지 말야?"

"아니야, 나는……."

"이현수, 너도 궁금할 테니까 같이 들어."

주원은 크고 또렷한 목소리로 편지에 적힌 글을 읽기 시작했다.

**너는 초등학생 때 몸이 불편한 친구를 괴롭혀
학폭위까지 소집된 적이 있다.
네가 지금 왕따를 당하는 것도 당시의 일 때문이다.**

"사진도 같이 들어 있어. 최은서랑 편지에 쓰인 애 사진 같은데."

한별에게 사진을 보여준 주원은 소파 쪽으로 걸어와 나에게도 사진을 내밀었다. 단발머리 여자아이가 은서로 보이는 여자아이의 팔짱을 끼고 있었다. 단발머리 아이는 천진하게 웃고 있었지만 오히려 은서는 시무룩한 얼굴로 카메라를 응시하고 있었다.

안경을 다시 쓴 현수는 마침내 몸을 일으키고는 거실 뒤쪽을 바라봤다. 우리는 현수의 시선을 따라 고개를 돌렸다.

거실 입구에 은서가 서 있었다.

현수의 떨리는 목소리가 허공을 갈랐다.

"학폭 가해자였다고……? 다른 사람도 아니고 최은서, 네가?"

1

 우리는 은서가 왕따를 당한다는 사실을 알고 있었다.
 그래서 책 이야기가 끝나면 다들 은서의 안부를 묻고, 이런저런 조언을 해주기도 했다. 네 잘못이 아니니 당당해져라, 부모님이나 선생님께 도움을 청해라, 차라리 전학을 가는 건 어떠냐 등등. 은서는 어떤 조언에도 반응을 보이지 않았기에 우리도 서서히 그 화제를 입에 올리지 않았다.
 다른 아이들은 어떤 마음이었는지 모르겠지만 나는 그런 허울뿐인 조언들이 오히려 은서를 괴롭힐지도 모른다고 생각했다. 독서 모임에서만큼은 은서가 편안한 마음으로 좋아하는 책 이야기를 실컷 할 수 있기를 바랐다.

하지만.

다시 소파에 앉은 은서는 우리에게서 몸을 돌린 채 거실의 통유리창을 바라봤다. 함박눈은 어느새 눈보라로 바뀌었다. 밖에 있었다면 눈도 뜰 수 없을 만큼 거센 바람이 휘몰아치고 있었다.

몸이 불편한 친구를 괴롭히는 은서의 모습은 도저히 상상할 수가 없었다. 분명히 착오가 있었을 것이다.

현수가 물었다.

"최은서, 이 편지에 적힌 말이 사실이야? 사진에 있는 단발머리 여자애를 네가 괴롭혔다고?"

은서가 대답하지 않자 현수는 다시 말했다.

"네가 왕따를 당하고 있다고 처음 고백했을 때, 난 마음이 몹시 안 좋았어. 그래서 우리 모임에서라도 네가 실컷 얘기하고, 웃을 수 있도록 운영자로서 최선을 다해 배려했어. 네가 느꼈는지는 모르겠지만."

한별이 중얼거렸다.

"난 완전 잘 느꼈는데? 은서가 아무 의견도 안 내면 네가 꼭 말할 기회를 줬잖아. 내 얘기는 맨날 끊었으면서."

현수는 은서에게 다시 간절한 눈빛을 보냈다.

"난 그 편지 안 믿어. 네가 그런 짓을 저질렀다는 건 도저히 상상이 안 되거든. 편지에 적힌 내용이 잘못됐다면 오해를 풀 수 있게 도와줘. 어때, 은서야. 사실이 아니지?"

여전히 침묵.

주원은 꼬고 있던 다리를 풀고서 은서를 향해 몸을 기울였다.

"멋대로 편지 읽은 건 미안한데 너도 그냥 털어놔. 속이 얼마나 후련해지는지, 너도 놀랄걸? 3년 동안 고전소설을 읽으며 인간이 어쩌고저쩌고, 우리가 뭐라도 되는 양 떠들었지만 이번 일로 똑똑히 배웠어. 세상에 완전무결한 인간은 없어. 다들 그런 척할 뿐이지."

은서는 누구의 말도 들리지 않는다는 듯 핸드폰으로 무언가를 검색하기 시작했다. 현수가 참을성 있게 물었다.

"은서야, 갑자기 뭘 하는 거야?"

"택시를 부르려고. 난 집에 갈래."

"벌써 6시가 넘었어. 주말이라 기차표도 매진일 거야."

"서서 가면 돼."

핸드폰을 내려다보는 은서의 표정이 어두워졌다. 내가 물었다.

"택시 안 잡혀?"

은서가 고개를 끄덕였다. 나는 소파에서 일어나 통유리창 앞으로 다가갔다. 바깥에는 아까보다도 짙은 어둠이 내려앉아 있었다. 눈보라는 여전했고, 정원의 눈은 발이 움푹 들어갈 정도로 쌓여 있었다.

주원도 자신의 핸드폰을 들여다보며 얼굴을 찡그렸다.

"하, 뭐야. 지난번에 읽은 추리소설처럼 이 집에 갇히기라도 한 거야?"

현수가 말했다.

"기다려봐. 앱으로 잡는 택시 말고 이 지역만 다니는 콜택시도 있어. 혹시 몰라서 아빠한테 번호를 받아놨는데 한번 연락해 볼게."

우리는 원래 이 집에서 하룻밤을 보낼 생각이었다. 내일 아침을 먹고 헤어지는 것이 계획이었지만 지금은 상황이 달라졌다. 게다가 날씨 때문에 억지로 발이 묶인다면. 이런 분위기 속에서 함께 밤을 보내야 한다고 상상하니 가슴이 답답해졌다. 나는 콜택시 회사에 전화를 거는 현수를 애타게 쳐다봤다. 만약 택시가 온다면 나도 은서와 함께 이 집을 떠날 수 있을 것이다.

"네, 맞아요. 32번지요. 아…… 안 되면 언제쯤……. 그럼 택시를 보내주실 수 있을 때 이 번호로 연락해 주시겠어요? 네, 감사합니다."

현수가 전화를 끊었다.

"도로 상황이 안 좋아서 지금은 어렵다는데."

내가 물었다.

"걸어가면 되지 않을까? 버스로 20분이 걸렸으니까 걸으면……."

한별이 고개를 저었다.

"이 날씨에 기차역까지 걸어간다고? 얼어 죽고 싶니? 그 고생을 하느니 난 택시가 올 때까지 기다리든가 그냥 여기에서 잘래. 그리고 갑자기 집에 가면 엄마 아빠가 의심할 거 아냐. 야, 최은서. 어차피 집에도 못 가는데 편지에 적힌 썰이나 풀어봐. 궁금해 죽겠단 말이야. 진짜 뭐라고 안 할게. 너희도 그럴 거지?"

차마 맞장구를 치지는 못했지만 다들 고개를 끄덕였다.

몇 분 동안 이어진 침묵 끝에 은서가 마침내 입을 열었다.

"편지 내용은…… 사실이야."

★ ★ ★

"내가 6학년 때였는데……, 말을 심하게 더듬는 여자애가 전학을 왔어. 그때는 나도 친구가 많았고, 성격도 이렇지 않았는데……. 그래서 선생님이 나더러 걔랑 같이 놀아주랬어.

처음에는 나도 잘해줬어. 근데 같이 놀다 보니까…… 너무 답답한 거야. 쉬는 시간마다 보드게임을 하는 게 유행이었는데 걔한테는 규칙을 일일이 설명해 줘야 하고, 말해도 잘 못 알아듣고……. 우리 무리에 있는 애들도 다들 걔 때문에 힘들어했어.

그래서 내가…… 걔를 따돌리자고 했어. 그냥 투명 인간 취급 하자고. 그다음 날부터 걔가 말을 걸어도 못 들은 척하고, 단톡방에서 하는 말에 대답도 안 하고, 쉬는 시간에 우리한테 오면 쳐다보지도 않았어. 결국 걔가 엄마한테 일렀는지 그 엄마가 학폭위를 열었어. 애들은 내가 주도했다며 나한테 책임을 떠넘겼고, 나는 졸지에 몸이 불편한 친구를 괴롭힌 못된 애가 돼버렸지. 나는 나대로 걔들한테 화가 나서 싸우고 절교했어.

상황은 그렇게 순식간에 역전됐어.

이제 혼자가 된 사람은 나였고, 지옥 같은 6학년을 버티고서 중학생이 됐지만 달라진 건 없었어. 그때 다니던 초등학교 애들이 대부분 같은 중학교에 갔는데 나랑 놀려는 애는 아무도 없었어. 내 성격은 점점 어두워졌어. 차라리 혼자 있는 게 편하고, 다른 애들이랑 어떻게 어울려야 할지도 모르겠고, 혹시라도 그때 일을 기억하는 애가 있을까 봐 새 친구도 사귀지 못했어."

은서가 눈을 깜박이자 눈물이 홀쭉한 뺨을 타고 흘러내렸다.

"난 겨우 6학년이었어! 지금 생각하면 정말 어렸다고! 걔를 때리지도 않았고 욕설을 쓴 적도 없어. 너희도 알잖아, 초등학생들한테 쉬는 시간이 얼마나 소중한지. 나도 재미있게 놀고 싶은데 너무 답답하게 구니까……."

은서는 더 이상 말을 잇지 못했다.

그 모습을 보며 나는 중학교 때 받았던 학교폭력 예방 교육을 떠올렸다. 요즘 청소년들의 가해 방식은 상대를 투명 인간처럼 취급하는 것이라고 했다. 피해자는 폭행이나 폭언이 없으니 증거를 대기도 어렵고, 증거가 없으니 외부 도움을 받기도 힘들다고 했다.

나도 내성적인 성격 탓에 친구가 많은 편은 아니지만, 그래도 학교생활을 함께하는 친구들은 있었다. 그 아이들이 나를 갑자기 투명 인간 취급 한다면. 이유를 물어도 어떤 대답도 들려오지 않는다면. 고등학생인 나도 그런 일을 감당할 자신이 없는데 은서가 따돌렸던 그 아이는 얼마나 난처했을까.

숨죽인 울음소리 속에서 은서의 가녀린 어깨가 이따금 들썩였다. 그 애처로운 모습에 마음이 아프면서도 위로의 말은 쉽게 튀어나오지 않았다.

어쨌든 너희는 내 편을 들어야지! 그 여자애 친구들이 아니라 내 친구들이잖아!

조금 전 한별이 했던 말이 다시 한번 귓가에 울리는 듯했다. 그렇다. 얼굴을 마주한 건 오늘이 처음이지만 여기 모인 아이들은 3년 동안 함께한 친구들이다. 하지만 친구라는 이유로 이들의 잘못을 어디까지 끌어안을 수 있을까. 함께 했던 시간을 내세우며 무작정 이들의 편에 서는 것이 옳은 일일까.

하지만 현수의 생각은 나와 다른 모양이었다. 현수는 조심스레 이렇게 말했다.

"은서가 잘했다는 건 아니지만⋯⋯ 초등학생 때 일이라니 안타깝기도 하네. 다들 그때를 생각해 봐. 다른 친구의 입장을 배려해 줄 만큼 성숙하지 못했잖아. 그래서 은서야, 그 애한테 사과한 적은 있어?"

"응. 담임선생님이 엄청 화를 내면서⋯⋯ 애들 앞에서

공개 사과를 하랬어. 나중에 알았는데 그런 건 학생의 인권 문제로, 원래는 시키면 안 되는 거래. 담임 때문에 하긴 했지만 솔직히 미안한 마음은 없었어. 나도…… 걔랑 억지로 노느라 힘들었단 말이야. 나한테도 친구를 골라 사귈 자유가 있는 거잖아. 그리고 걔는 내 배려를 점점 당연하게 생각했어. 나한테 조금이라도 고마워했다면 그렇게까지는 안 했을 거야."

주원이 말했다.

"어렸다고 다 용서받을 수 있는 건 아니지. 투명 인간 취급은 너무 치사하잖아. 왕따를 시켰다가 오히려 왕따를 당한다? 안됐지만 자업자득이야. 그래 놓고 우리 모임에서는 피해자 코스프레를 했냐?"

은서가 주원을 노려봤다. 은서의 눈에 담긴 섬뜩한 분노에 나는 가슴이 서늘해졌다.

"그런 짓을 했다고 나도 똑같이 당해야 한다는 거야? 난 그 뒤로 쭉 혼자였어! 그럴 때마다 얼마나 억울했는지 알아? 걔만 없었어도 내 삶은 훨씬 행복했을 거야! 그러는 넌 이수호한테 사과도 안 했잖아!"

"하, 또 그 얘기야? 걔가 먼저 태워달랬는데 내가 왜 사과를 하냐고!"

두 사람이 서로를 쏘아보며 씩씩거리는 동안, 한별은 지쳤다는 듯 소파에 등을 기댔다. 생각에 잠긴 얼굴로 허공을 응시하던 현수가 입을 열었다.

"성경에 이런 이야기가 나와. 사람들이 간음한 여인을 예수에게 끌고 오자 예수가 이렇게 말하지. 너희 중에 죄 없는 자가 먼저 이 여인에게 돌을 던지라고. 잘못을 저지른 적이 없는 사람은 존재하지 않는다는 뜻이야.

우리 엄마 일과는 별개로, 나한테도 당연히 쉽게 말할 수 없는 비밀이 있어. 하지만 어떤 잘못을 저질렀다고 해도 그게 그 사람의 전부는 아니야. 인간은 그보다 훨씬 더 복잡한 존재라는 걸 고전소설을 꾸준히 읽은 우리는 알고 있잖아?

내 이름이 적힌 편지에는 우리 엄마 이야기를 쓰고, 유정이 이름이 적힌 편지는 끝까지 발견되지 않은 건 우리 둘을 의심받게 하려는 의도가 분명해. 하지만 아무리 생각해도 우리 다섯 명은 이런 일을 벌일 이유가 없어. 독서 모임을 하는 동안 누군가에게 섭섭했던 적이 있을 수도 있겠지. 그렇다면 그 사람에 관한 편지만 넣으면 되잖아?

나는 여전히 너희에 대한 믿음을 포기하고 싶지 않아. 그만큼 이 모임은 나한테 소중하고, 너희한테도 그러리라

믿어. 그래서 나는…….”

현수는 말을 멈추고 우리의 얼굴을 차례로 둘러봤다.

"범인은 외부 인물이라고 생각해."

2

"그게 누군데?"

한별의 천진한 질문에 현수는 두 손으로 관자놀이를 짓눌렀다.

"이제부터 따져봐야지. 다들 잘 생각해 봐. 이 집에서 독서 모임을 한다고 다른 사람한테 말한 적 있어? 별장 주소와 현관 비번, 우리 각자의 최애 소설이 뭔지까지 알려준 사람."

은서가 가장 먼저 고개를 젓는 동안 내가 말했다.

"내가 독서 모임을 한다는 건 우리 엄마밖에 몰라. 하지만 엄마한텐 성당 캠프를 간다고 거짓말하고 여기에 왔어."

주원이 말했다.

"나는…… 제일 친한 두 녀석한테 자랑하긴 했는데 별장 주소까지 밝히지는 않았지. 최애 소설도 말 안 했고. 책에는 아무 관심도 없는 녀석들이라."

한별이 말했다.

"난 절친들한테도 얘기 안 했어. 이현수, 넌?"

"처음에도 말했듯이 난 부모님과 할머니한테 말씀드렸어. 그리고…… 할머니는 우리의 최애 소설이 뭔지도 아셔. 요즘 애들이 고전소설을 읽는다니까 궁금해하시더라고."

주원이 말했다.

"그럼 우리를 제외하고 독서 모임에 관한 구체적인 정보를 아는 사람은 너희 할머니뿐이네. 고등학생들의 뒷조사쯤이야 사람을 고용하면 금세 하지 않겠어? 셜록 홈스가 이런 명언을 남겼지. '불가능한 것을 제외하고 남은 것은 아무리 믿을 수 없어도 진실이다.'"

한별이 소파에서 일어나더니 주변을 정신없이 두리번거렸다.

"혹시 너희 할머니가 여기에 몰래카메라 설치한 거 아냐? 그런 편지들이 발견되게 한 다음에 우리가 어떤 행동을 하는지 지켜보려고! 우리가 지난번에 읽은 추리소설도 너희 할머니가 추천하셨잖아. 우리를 더 오싹하게 만들려고 일부러 그런 책을 권하셨나 보네!"

"우리 할머니가 사이코야? 왜 그런 짓을 하는데?"

"논문 같은 걸 쓰려나 보지! 인간 심리? 행동 분석? 뭐 그런 주제로."

주원이 어처구니없다는 듯이 말했다.

"어이, 정한별. 이현수 할머님은 영문과 교수였거든? 그리고 교수 일도 그만두셨는데 논문을 뭐 하러 쓰겠냐?"

"그럼 책을 쓰려나 보네. 주제가 뭘까? 고전소설이 청소년에게 미치는 영향? 촬영이 끝난 뒤에 짠 하고 나타나서 우리가 지금까지 나눈 대화를 자료로 쓰겠다고 할지도 모르잖아. 하, 차라리 그랬으면 좋겠다. 우리 중에 범인이 있는 것보다는 낫잖아? 다들 빨리 카메라 좀 찾아봐!"

한별은 벽난로 쪽으로 종종걸음 치더니 그 위에 놓인 그림과 꽃병에 얼굴을 들이댔다. 한별에게 핀잔을 주었던 주원도 슬그머니 일어나더니 천장 모서리 부분을 훑었다.

"그만해!"

현수가 소리쳤다.

"외부 인물이라고 해서 꼭 우리 할머니라고 단정 지을

수는 없어. 우리 엄마나 너희나 그 사건으로 인한 피해자가 있었잖아. 그 사람 중 한 명일지도 모른다고."

현수의 목소리는 점점 작아졌다. 현수의 말도 일리가 있지만, 그 사람이 독서 모임의 세부적인 일정과 회원들의 최애 소설까지 알기는 힘들다. 그렇다고 현수의 할머니가 범인이라는 지적도 납득하기 힘들었다. 책이나 논문을 쓰기 위해 감시카메라를 설치하고 사람을 관찰한다는 건 스릴러 영화에나 나올 법한 일이 아닐까.

현수의 눈총을 받으면서도 한별과 주원은 꿋꿋하게 거실을 돌아다녔지만 숨겨진 카메라는 발견되지 않았다. 현수는 두 사람을 쏘아보며 비아냥댔다.

"이제 만족해? 서로를 의심하지 말자고 부탁한 지 10분도 안 지났는데. 너희도 참 대단하다."

벽시계를 보니 7시에 접어들고 있었다. 눈은 이제 그쳤지만 해는 산 너머로 사라졌다. 저 멀리 서 있는 가로등 하나만이 주변에 쌓인 눈을 주황빛으로 물들이고 있었.

그 쓸쓸한 풍경에 시선을 멈춘 채, 나는 현수의 말을 떠올렸다.

나한테도 당연히 쉽게 말할 수 없는 비밀이 있어.

하지만 어떤 잘못을 저질렀다고 해도 그게 그 사람의 전부는 아냐.

현수의 말이 맞다. 나에게도 그런 비밀이 있지만 그것만으로 나를 판단할 수는 없다.

이제 과거를 밝히지 않은 사람은 나뿐이었다. 아이들은 내 편지만 나오지 않았다는 사실을 더는 지적하지 않았지만, 문득 모든 걸 쏟아내고 홀가분해지고 싶었다.

말할까.

나한테 그럴 용기가 있을까.

나는 가슴속의 뒤엉킨 마음을 조용히 마주했다. 한 가지 사실만큼은 분명했다.

그런 일은 절대로 일어나지 않을 것이다.

3

초등학교에 입학한 무렵부터 나는 물건을 훔치기 시작했다.

문구점에서는 지우개나 샤프펜슬을, 편의점에서는 초콜릿 따위를 훔쳤다. 학교에서도 같은 일을 저질렀다. 없어져도 소란이 벌어지지 않을 만한, 작고 쓸모를 다한 물건들이 내 손에 들어왔다. 아이들의 책상에서 굴러다니는 접착식 메모지나 반쯤 남은 지우개, 샤프심 같은 물건들 말이다.

왜 그런 충동을 참을 수 없는지 스스로를 돌아본 적도 많았지만 그럴듯한 이유를 찾지 못했다. 나는 성적이 좋은 편이라 학업 스트레스도 없었고, 친구는 많지 않았지만 무리에 끼지 못한 적도 없었으니까.

도벽의 원인을 찾기 힘들 때면 훨씬 더 어린 시절을 돌아봤다. 가장 씁쓸했던 기억은 여동생에 관한 것이었다. 퇴근이 늦었던 아빠는 작은방에서 홀로 잠을 청했고, 엄마는 여동생과 나를 자신의 양옆에 눕혔다. 엄마는 항상 동생 쪽으로 몸을 돌린 채 그 애의 머리를 어루만지며 온갖 달콤한 말들을 속삭이곤 했다.

예민했던 나와 달리 동생은 무척 순한 아이였다. 내가 엄마였다고 해도 나보다는 동생이 훨씬 귀여웠을 것이다. 그걸 알면서도 나는 밤마다 소리 없는 눈물을 흘렸다. 엄마도 내가 우는 걸 알았는지는 잘 모르겠다.

밤마다 느꼈던 서러움은 초등학생이 되어 혼자 자기 시작하면서부터 사라졌다. 물건을 훔치는 버릇은 저학년 때부터 시작됐으니 그때 받았던 상처가 도벽으로 이어졌다고 단언하기는 힘들다. 인터넷을 뒤져도 도벽은 여성에게 좀 더 흔하며, 청소년기부터 증상이 나타나는 사례가 종종 있고, 스트레스가 주된 이유로 알려졌지만 명확한 원인은 모른다는 설명뿐이었다.

다행히 도둑질을 들킨 적은 한 번도 없었다. 그렇게 중학생이 되었고, 나는 유난히 컸던 학교 도서실을 처음 본 순간 참을 수 없는 충동을 느꼈다.

왜 지금까지 책을 훔칠 생각은 못 했을까.

나 같은 마음을 품은 아이가 있을 리 없다는 듯 도난 방지기도 보이지 않았다.

책을 훔치는 일은 놀랄 만큼 쉬웠다. 책을 옆에 놓고 공부하는 척하다 가방에 집어넣는다.

그걸로 끝.

고전소설을 좋아했지만 그런 책만 훔치지는 않았다. 어떤 책을 훔치는지보다 훔치는 행위, 그 자체가 중요했으니까. 집에 가져온 책은 내 방 책장에 아무렇게나 꽂아 넣었다. 다시 꺼내 읽는 일은 한 번도 없었다.

하지만 모든 일에는 끝이 있는 법이다. 여름방학을 앞둔 어느 날, 가방에 책 두 권을 넣고 도서실을 나가려는데 사서 선생님이 내 팔을 붙잡았다.

유정아, 잠깐 선생님 좀 볼까?

사서 선생님은 도서실 안쪽에 딸린 작은 창고로 나를 데려갔다.

네 행동이 너무 자연스러워서 처음에는 잘못 본 줄 알았어. 작년부터 분실된 책들이 많았는데 다 네가 가져갔던 거니? 일단 가방 열어봐.

나는 완전히 공포에 질렸다. 온몸의 땀구멍에서 땀이 폭발하는 기분이었다. 눈물을 쏟으며 뻔한 변명을 늘어놓았다. 책이 너무 갖고 싶었다고, 우리 집은 책을 마음껏 사줄 만큼 형편이 넉넉하지 않다고. 거짓말이 그렇게 술술 나올 줄은 몰랐다. 머릿속에는 한 가지 생각밖에 없었다.

어떻게든 이 위기를 모면해야 한다는.

사서 선생님은 학교에 알리지 않을 테니 다시는 이런 짓을 하지 말라고 했다. 온몸에서 힘이 빠져나가는 것을 느끼며 그러겠다고 약속했다. 그리고 선생님을 올려다본 순간 깨달았다.

선생님은 내 변명을 믿지 않았다.

우리의 뒷조사를 하고 책에 편지를 넣은 범인은 그 일을 알아내지 못했을 것이다. 창고에는 사서 선생님과 나밖에 없었고, 선생님은 학교에 알리지 않겠다는 약속을 지켰으니까.

나는 그러지 못했지만.

고등학생이 되자마자 다시 학교 도서실에서 책을 훔치기 시작했다. 똑같은 실수를 반복하는 어리석은 짓은 저지르지 않았다. 몇 달에 한 번씩, 없어져도 신경 쓰지 않을 만한 낡은 책이나 잡지만을 훔쳤다.

물론 예외도 있었지만.

탁자에는 내가 가져온 『모파상 단편선』이 놓여 있었다. 대출 바코드 스티커를 떼어낸 자국이 표지 하단에 희미하게 보였다. 내가 이곳에 훔친 책을 가져왔다는 걸 저 아이들은 절대로 모를 것이다.

잠자리에 들면 가끔씩 그날의 일이 떠올랐다. 사서 선생님의 온기 없는 목소리와 끝까지 의심을 거두지 않던 눈빛. 그 순간이 오래도록 나를 따라다니리라는 것을 그때의 나는 이미 알고 있었다.

가슴이 답답해 숨 쉬기가 힘들었다. 이 집은 왜 이렇게 더울까. 소파에서 일어나 현관 쪽으로 걸었다. 등 뒤에 꽂히는 아이들의 시선을 느끼며 현관문을 열었다. 차가운 저녁 공기를 한껏 들이마시고는 고개를 젖힌 순간, 온몸에 전율이 흘렀다.

왜 이 생각을 못 했을까.

나는 현관문 위쪽을 가리키며 황급히 돌아섰다.

"여기 CCTV가 있어."

4

 다들 우르르 몰려와 내가 가리킨 곳을 올려다봤다. 현수가 말했다.

 "오늘이 토요일이고 할머니는 목요일 오후부터 집을 비우셨어. 범인이 외부 인물이라면 목요일 오후부터 오늘 사이에 이 집에 들어왔겠지."

 한별이 찬바람에 어깨를 떨며 말했다.

 "찍힌 사람이 우리뿐이면 어떡해?"

 "결국 우리 중 한 명이 범인이겠지."

 주원이 물었다.

"CCTV에 찍힌 영상, 볼 수 있어?"

"이 별장을 관리해 주시는 분이 계셔. 할머니가 늘 여기 머무시는 건 아니니까. 이 근처에 사는 분인데 전화해서 물어볼게."

우리는 현관문을 닫고 소파로 돌아왔다. 이 상황이 해결될 수도 있다는 희망 때문인지 아이들은 잠시나마 긴장을 내려놓은 듯했다. 우리는 숨죽인 채 현수가 전화 거는 모습을 지켜봤다.

은서가 머뭇거리다 손을 들었다.

"저기…… 스피커폰으로 하면 어떨까. 우리도…… 다 들을 수 있게."

"왜? 나랑 할머니가 짜고서 이런 일을 벌이기라도 한 거 같아?"

은서의 귓바퀴가 빨개졌다. 현수의 목소리에는 옅은 분노가 묻어 있었다.

"좀 섭섭하네, 최은서. 난 어떻게든 널 감싸주려고 노력했는데. 알았어, 스피커폰으로 돌릴게."

몇 번의 신호음 끝에 젊은 남자의 목소리가 들렸다. 현수는 목요일 오후부터 지금까지의 CCTV 영상을 볼 수 있는지 물었다. 남자가 이유를 궁금해하자 현수는 이렇게 둘

러댔다.

"할머니가 현관 앞에 택배가 와 있을 거라고 하셨거든요. 잘 챙겨두라고 하셨는데 아무리 찾아도 안 보여서요. 혹시 분실됐나 해서……."

남자는 현수의 메일 주소로 영상을 보내주겠다고 했다. 현수는 구석에 놓아둔 자기 가방에서 태블릿PC를 꺼내 왔다. 우리는 입을 다문 채 영상이 오기를 초조하게 기다렸다.

마침내 현수가 말했다.

"메일이 왔어. 확인해 보자."

우리는 자리에서 일어나 현수 곁으로 부산스럽게 모여들었다. 현수가 말했다.

"목요일 영상부터 확인할게. 컬러에 화질도 좋지? 예전 CCTV가 낡아서 바꾼 지 얼마 안 됐거든. 그래, 이 장면이…… 우리 할머니가 나가는 모습이야. 천천히 확인할 필요는 없으니까 빨리 돌릴게. 목요일에는 아무도 안 들어왔으니 금요일로 넘긴다. 오전에는 아무도 안 보이고…… 이제 오후로 넘길게."

현수가 다시 재생 버튼을 클릭했다.

금요일 오후의 화면.

한 손에는 장바구니를, 한 손에는 케이크 상자를 든 현수가 검은 자동차에서 내려 현관을 향해 걸어오고 있었다. 현수의 입가에 걸린 미소에 마음이 시큰거렸다. 현수는 상상도 못 했을 것이다. 그토록 기대했던 모임에서 어떤 일이 벌어질지.

"화면 위쪽에 시간이 찍혀 있지? 내가 이 집에 들어온 시간이 금요일 오후 4시 12분이야. 차에 있는 사람은 우리 아빠고. 음식을 냉장고에 넣고, 서재로 올라가서 책에 엽서를 넣은 다음에 바로 나왔어. 5시까지 학원에 가야 했거든."

현수의 말을 듣는 순간, 어쩔 수 없는 의심이 또다시 밀려왔다.

현수가 책 속에 넣은 건 과연 엽서였을까. 엽서는 일부러 쓰레기통에 버리고, 아이들의 과거가 담긴 편지를 끼워 넣은 뒤 별장을 나온 건 아닐까.

현수는 영상을 다시 빠른 속도로 재생했다. 현수를 제외하면 금요일에는 아무도 나타나지 않았다. 토요일 아침도 마찬가지였다. 그리고 우리가 아는 것처럼 토요일 오전 11시가 되어서야 한별이 택시에서 내렸다. 한별은 여행용 캐리어를 끌며 현관 쪽으로 종종걸음을 쳤다. 그리고 핸드폰을 보며 도어록 비밀번호를 눌렀다.

이어지는 영상도 특별한 것은 없었다. 내가 두 번째로

이 집에 도착했고, 다음에는 주원과 현수가 함께 나타났다. 그리고 마지막으로 온 사람은 은서였다.

모두의 입에서 탄식이 흘렀다.

현수의 할머니가 이 집을 떠난 순간부터 지금까지, 이곳에 들어온 사람은 우리 다섯 명뿐이다.

은서가 중얼거렸다.

"결국…… 우리 중 한 명이네."

나는 현수를 간절하게 바라봤다.

"현관 위에 달린 CCTV가 전부야? 이 집에 뒷문 같은 건 없어? 현관이 아니라 뒷문이나 창문으로 들어왔을 수도 있잖아."

"집 뒤쪽에 CCTV가 하나 더 있긴 한데 뒷문은 없어. 사람이 들어올 수 있을 만한 창문은 거실에 있는 통유리창뿐이고. 하지만 그리로 들어왔다면 현관 CCTV에 찍혔겠지."

주원이 말했다.

"네 추리가 틀렸네, 이현수. 범인은 멀리 있지 않아. 대단한 거짓말쟁이 한 명이 우리 중에 섞여 있다고."

한별은 엉덩이를 들썩이며 은서 옆에서 떨어져 앉았다. 주원도 헛기침을 하며 소파 끝으로 자리를 옮겼다. 의심 가득한 눈빛들이 서로의 얼굴에 머물렀다 급하게 흩어졌다.

나는 날뛰는 심장박동을 느끼며 눈을 감았다. 아이들의 동선을 필사적으로 하나씩 떠올렸다. 위화감이 느껴졌으나 이유를 알 수가 없었다. 자욱한 안개 속 어딘가에서 등불이 타오르고 있었지만 아무리 안개를 헤집어도 불빛에 닿는 길은 보이지 않았다.

나는 마침내 눈을 뜨고 아이들을 바라봤다.

"범인이 쓴 방법은 간단해. 네 통의 편지를 우리가 선물로 받을 고전소설들 사이에 끼워 놨지. 우리의 뒷조사는 인터넷을 뒤졌을 거야. 현수 어머님이 PD라는 사실은 현수의 블로그에도 나와 있고, 주원이의 사고 기사는 인터넷에도 실렸으니까.

한별이가 악소문을 퍼트린 일과 은서의 초등학교 때 사건을 어떻게 알아냈는지는 모르겠어. 하지만 내가 궁금한 건 '어떻게'가 아니라 '왜'야. 우리는 3년 동안 잘 지냈잖아. 책에 대한 의견이 달라서 티격태격할 때도 있었지만 이런 짓을 벌일 만큼 앙심을 품은 사람이 있다고? 운영자인 현수가 독서 모임을 이끌며 우리한테 쌓인 게 많았을까? 인간의 본성을 파헤치는 소설을 좋아하는 주원이가 이런 편지들을 보내서 우리의 반응을 관찰하고 싶었을까? 제일 발랄하던 한별이가 스릴러 영화에나 등장하는 성격 이상자라도 되는 걸까? 그것도 아니라면 학폭 피해자인 은서가 이 모임에서도 소외감을 느끼고 우리를 괴롭히고 싶었을까?

난 도저히 이유를 못 찾겠어. 우리 중 한 명이 '왜' 거짓말을 하고 있는지."

아까의 위화감이 또다시 나를 덮친 순간, 현수의 핸드폰이 울렸다.

"여보세요? 아, 이제 된다고요? 감사합니다, 제가 다시 전화드릴게요."

현수가 전화를 끊었다.

"택시를 보내줄 수 있대."

은서의 입에서 안도의 한숨이 터졌다. 현수가 말했다.

"가고 싶은 사람은…… 그걸 타고 가. 나는 어차피 남아서 뒷정리를 해야 하니까. 다들 어떻게 할래?"

은서가 탁자에 놓인 핸드폰과 책을 황급히 집어 들었다.

"나는 갈래. 여기 있기 싫어."

내가 말했다.

"그럼…… 나도 은서랑 같이 갈게."

한별이 울상을 지었다.

"너랑 은서가 가면 나 혼자만 여자잖아! 그럼 나도 같이 가야지, 뭐. 근데 엄마한테는 뭐라고 변명하지?"

주원이 소리쳤다.

"다들 가만히 좀 있어봐! 그러니까 정말…… 우리 중 한 명이 그랬다는 거지? 절대로 화 안 낼 테니까 지금이라도 솔직히 고백해. 도대체 누구야? 왜 거짓말을 하는 건데!"

아무도 대답하지 않았다.

다들 주원의 사나운 눈빛을 피해 고개를 돌렸다.

"좋아, 끝까지 시치미 떼시겠다? 누가 범인인지는 모르겠지만 밖에서는 입 다물고 있는 편이 좋을 거야. 편지에 적힌 내용을 소문내기만 해봐. 찾아내서 가만 안 둘 테니까. 이제 서로의 얼굴도 알고 전화번호도 알잖아. 안 그래?"

현수가 고개를 숙였다.

"운영자로서 너희한테 면목이 없다. 시간을 돌릴 수 있다면 이런 모임 같은 건 하지 않았을 텐데……. 고주원의 말대로 여기에서 있었던 일은 여기에서 끝내자. 3년 동안 함께했던 의리가 조금이라도 남아 있다면, 편지 내용은 다른 사람에게 발설하지 말아줘."

한동안 다섯 명의 숨소리밖에 들리지 않았다.

어떤 말이라도 하고 싶었지만 이제는 나도 지쳐버렸다. 당장이라도 이 집을 벗어나고 싶을 뿐이었다.

이게 아닌데. 이러려고 모인 게 아니었는데.

우리를 바라보는 현수의 눈빛에는 모든 감정이 빠져나간 듯한 공허함만 남아 있었다.

"독서 모임 〈더 클래식〉은 오늘부로 해체야. 이 집에서 나가는 순간부터 우리는 서로 모르는 사람이야. 다시는 연락하지 말아줘."

1

"유정아, 새벽이라 추우니까 더 두꺼운 패딩 꺼내 입어. 작년에 성당 캠프 간다고 샀던 롱패딩 있잖니."

 엄마 목소리를 들으며 여전히 뻑뻑한 눈꺼풀을 깜박인다. 긴장한 탓에 제대로 잠을 이루지 못했다. 내가 멍하니 서 있자 엄마가 대신 옷장 문을 열고 롱패딩을 꺼낸다. 잠을 설친 건 엄마도 마찬가지인지 화장을 했는데도 얼굴이 푸석해 보인다.

 "엄마도 진짜 같이 가게?"

 "그럼 대학 면접 보는데 너 혼자 보내니? 거기까지 어떻게 찾아가려고."

"서울역에서 택시 타면 되는데."

"아유, 애가 무슨 소리야. 기차표도 다 예매해 놨는데. 넌 빨리 옷이나 입어."

"다른 거 입으면 안 될까? 롱패딩은 기차 안에서 불편할 텐데."

"추운 것보다는 낫지! 괜히 감기 걸리지 말고 엄마 말 들어. 뭐 하니, 얼른 입어. 이러다 늦겠다."

더는 실랑이를 벌이지 않기로 한다. 서울로 가는 기차를 놓치기라도 하면 더 끔찍한 일이 벌어질 테니까. 엄마는 택시를 부르겠다며 내 방을 나간다. 나는 교복 재킷 위에 롱패딩을 걸치고 전날 챙겨놓은 가방을 멘다. 가뜩이나 무거운 마음이 바닥으로 더욱 가라앉는 기분이다.

"유정아, 택시 금세 온대. 빨리 나와!"

"응."

주머니에 무심코 손을 넣자 반으로 접힌 종이가 잡힌다. 손을 빼내 종이의 정체를 확인한 순간 숨이 막힌다.

1년 전 그날. 별장에서 가져온 현수의 엽서.

그 집을 나오기 전, 내 이름이 적힌 엽서를 패딩 주머니에 챙겼다.

단단히 봉인했던 기억의 서랍이 열리면서 그날의 일이 마구잡이로 흩어진다. 두통이 기지개를 켜며 관자놀이를 찌른다. 지우고 싶은 기억은 왜 가장 곤란한 순간에 얼굴을 들이밀까.

"유정아, 뭐 해! 이제 나가야 돼!"

책상 서랍을 열고 엽서를 던진다. 롱패딩을 벗고 원래 입고 가려 했던 겉옷으로 갈아입는다.

그날의 기억이 더 이상 나를 쫓아오지 못하도록.

★ ★ ★

단정하게 보이려고 일부러 교복을 입었지만 대기 장소에 모인 아이들은 대부분 편한 복장을 하고 있다. 나처럼 새벽 기차를 타고 지방에서 올라온 아이가 또 있을까. 왠지 촌스러운 사람이 된 듯한 기분에 목 끝까지 잠갔던 교복 셔츠의 단추를 슬며시 끄른다.

"많이 떨리지? 이것 좀 마실래?"

뿔테 안경을 쓴 남자가 종이컵들이 담긴 쟁반을 들고 내 앞에 서 있다. 안경을 쓴 남자 말고도 문예창작학과 선배 몇 명이 대기실 안을 돌아다닌다. 선배들은 면접을 기다리는 수험생들에게 마실 것을 주기도 하고, 순서가 되면 면접 장소까지 안내해 주고 있다.

"조금이라도 마셔. 면접 전에 핫초코를 마시면 우리 대학에 붙는다는 전설이 있거든."

종이컵으로 다급히 손을 뻗자 선배의 웃음소리가 들린다. 하지만 나는 핫초코를 마시지 못하고 바라보기만 한다. 현수의 엽서가 불러낸 그날의 기억이 또다시 펼쳐진다.

쟁반을 들고 조심스럽게 걸어오던 현수. 윗입술에 핫초코를 묻힌 채 웃음을 터뜨리던 한별. 작은 손으로 머그잔을 힘겹게 감싸 쥔 은서. 그리고 미지근한 핫초코를 홀짝이던 주원.

어쩌면 나는 그날을 단 한 순간도 잊은 적이 없는지도 모른다.

선배의 조심스러운 목소리가 머리 위에서 울린다.

"너 괜찮니? 그렇게 긴장 안 해도 돼. 우리 대학은 압박 면접도 안 하고, 면접 시간도 짧거든. 다섯 명이 같이 들어가니까 혼자인 것보다는 나을 테고."

"네……. 감사합니다."

종이컵을 든 채 심호흡을 하지만 머릿속에 자리 잡은 생각은 좀처럼 떠나지 않는다.

그 아이들은 어디에서 무엇을 하고 있을까.

"수험번호 16번부터 20번, 면접 장소로 이동하겠습니다. 소지품은 자리에 두고 오세요!"

몸을 일으킨 순간 옆자리에 놓인 작은 파우치가 보인다. 파우치의 주인은 면접을 마치고 이곳으로 돌아오고 있을 것이다. 지퍼를 열고 그 안에 들었을 무언가를 훔치고 싶다. 아니, 파우치를 내 주머니에 그대로 넣어도 된다. 그러면 그날의 기억이 보이지 않는 곳으로 물러갈지도 모른다.

밀려오는 충동을 가까스로 억누르며 교복 주머니에 있던 젤리를 꺼낸다. 봉지를 급하게 찢고, 젤리 두 개를 입에 넣는다.

앞장선 선배를 따라 다섯 명의 수험생이 한 줄로 복도를 걷는다. 나는 젤리를 씹으며 면접 예상 질문들을 빠르게 되짚는다. 핫초코를 권했던 남자 선배와 달리 내 앞에 있는 여자 선배는 심드렁해 보인다. 자기가 왜 이런 일까지 해야 하는지 모르겠다는 듯이. 그럼에도 나는 선배의 뒷모습을 부러운 눈길로 쳐다보며, 1년 뒤 수험생들을 면접 장소로 안내하는 내 모습을 상상한다. 이 대학에 합격한다면 정말 친절한 선배가 되겠노라고, 믿지도 않는 신에게 간절히

기도한다.

"면접실은 3층이야. 한 층 더 올라가자."

선배의 온기 없는 목소리에 우리는 네, 하고 속삭이듯 대답한다. 그리고 선배를 따라 계단을 오른다. 선배는 들고 있던 면접자 명단을 바라보며 계단참에서 발걸음을 멈춘다. 나는 입안에 남은 젤리를 삼키며 오른쪽으로 몸을 돌린 채 텅 빈 복도를 응시한다.

"어떻게 알았어?"

선배가 나를 흘깃 쳐다보며 묻는다.

"네? 뭐가요?"

"여기 처음 왔을 텐데 면접 보는 방이 오른쪽에 있는지 어떻게 알았냐고."

"아, 그냥…… 저도 모르게…….”

"그래? 혹시 재수생인가 하고. 작년에도 면접 보러 온 줄 알았지.”

선배는 별일 아니라는 듯 오른쪽 복도로 발걸음을 옮긴다. 역시 오른쪽에 있는 두 개의 문을 지나친 뒤 세 번째 문 앞에서 걸음을 멈춘다.

노크 소리가 귓가를 울리는 순간, 나는 또다시 그 별장으로 돌아간다.

무언가 찜찜했던 느낌, 이유를 알 수 없던 위화감이 떠오른다. 면접실 문이 열리자 아무리 애써도 물러나지 않던 그날의 안개가 산산이 흩어진다.

나는 생각한다.

범인은 너였구나.

2

유정에게,

우리가 알고 지낸 지도 벌써 3년째지만, 이렇게 편지를 쓰려니 처음 만나는 사이처럼 어색하다. 책 선물만 주기 허전해서 엽서라도 써야겠다고 생각했어. 주원이 엽서는 아무거나 골랐는데(비밀이다!) 너랑 은서, 한별이에게 줄 엽서는 까다롭게 고르게 되더라. 독서 모임에 어울리는 엽서로 골라봤으니 그림도 마음에 들면 좋겠다!

지금까지 우리와 함께해 줘서 고마워, 유정아.

운영자로서 부족한 점이 많았는데 네가 언제나 차분한 모습으로 참여해 준 덕분에 우리 모임이 무사히 이어질 수 있었어. 우리의 미래는 앞으로 더 반짝이겠지만, 너희와 함께한 시간은 내 학창 생활에서 가장 소중한 추억으로 남을 거야.

시간이 흘러도 빛을 잃지 않는 고전소설처럼 우리의 우정도 영원하자!

〈더 클래식〉 운영자

이현수

    면접을 마치고 집에 돌아오자마자 겉옷도 벗지 않은 채 책상에 앉았다. 서랍에서 현수의 엽서를 꺼낸 뒤 엽서를 읽고 또 읽었다.

    그 별장을 나오기 전, 탁자에 흩어진 엽서 중 내 이름이 적힌 엽서를 패딩 주머니에 넣었다. 왜 그랬는지는 모르겠다. 내 이름이 적힌 물건을 그곳에 남기고 싶지 않았던 걸까. 엽서 뒷면에는 안락의자에 앉아 독서에 몰두한 소녀의 그림이 담겨 있다.

현수는 어떤 마음으로 이 엽서를 골랐을까.

엽서를 내려놓고 핸드폰 잠금 화면을 풀었다. 동영상을 재생하기 전에 몇 번이나 심호흡해야 했다. 우리의 과거가 담긴 편지들이 발견되기 전, 한별이 단톡방에 보낸 동영상. 영상을 받자마자 핸드폰에 저장했지만 지금까지 한 번도 다시 보지 않았다. 나는 입안에 고인 침을 삼키며 동영상을 재생했다. 한별의 떠들썩한 목소리와 함께 함박눈이 쏟아지는 정원 풍경이 화면을 메웠다.

곧이어 우리의 모습이 등장했다.

현수와 나는 핸드폰을 향해 어색하게 손을 흔든다. 주원은 쑥스러운 듯 팔짱을 낀 채 딴청을 부리고, 은서는 과일이 올라간 생크림케이크를 먹고 있다. 나는 그중 한 명의 모습을 뚫어지게 응시했다.

동영상이 끝날 무렵, 의심은 확신으로 바뀌었다.

핸드폰을 내려놓고 책상을 멍하니 바라봤다. 아직도 벗지 못한 패딩 주머니에서 젤리 봉지를 꺼냈다. 몇 달 전부터 무언가를 훔치고 싶은 충동이 들면 젤리를 먹기 시작했다. 그런 충동이 생길 때마다 관심을 다른 데로 돌릴 수 있는 자신만의 방법을 찾아야 한다는 기사를 읽은 뒤부터였다. 내 방에 혼자 있는 지금은 그런 충동이 생길 리 없지만 나는 젤리를 하나 꺼내 입에 넣었다.

그리고 생각했다.

이제 어떻게 하지.

1년이나 지난 사건을 다시 파헤치는 게 현명한 일일까. 아무 일도 없었던 듯 하루하루를 살아갈 수도 있는데. 대학생이 되면 전혀 다른 삶이 펼쳐질 텐데. 새로운 곳에서 새 친구들을 사귀면 그런 기억쯤은 완전히 지울 수 있을 텐데.

과연 그럴까.

나는 현수의 글씨를 가만히 내려다봤다. 수많은 물음표가 머릿속을 메웠다. 다른 아이들은 어떻게 지내고 있을까. 다들 나처럼, 불현듯 떠오르는 그날의 기억에 몸서리치지는 않을까. 만약 그렇다면, 그리고 내가 범인을 알아냈다면 지금이라도 진실을 알려야 하지 않을까.

독서 모임은 우리 모두에게 반짝이는 추억이었으니까. 날 선 말들과 오해로 모든 것이 무너졌지만, 그래도.

되돌릴 수 있다면 해야 한다.

다시 핸드폰을 들었다. 아직까지 차마 삭제하지 못한 네 개의 전화번호를 하나씩 들여다보다 그중 한 번호로 전화를 걸었다.

그 아이를 만나야 한다. 마지막으로 다시 한번 확인해야 할 것이 남아 있다.

간신히 용기를 냈건만 신호음 끝에 들려온 건 지금은 전화를 받을 수 없다는 안내 음성뿐이었다. 나는 할 수 없이 문자 메시지를 남겼다.

꼭 하고 싶은 말이 있다고, 늦어도 상관없으니 연락해 달라고.

그제야 피곤한 몸을 일으키고 겉옷과 교복을 벗었다. 온 신경은 핸드폰에 쏠려 있었지만 그날이 지나도록 기다리던 연락은 오지 않았다.

3

 그 애가 나를 피하고 있다는 걸 깨닫는 데는 그리 오랜 시간이 걸리지 않았다. 아니, 혹시나 내 번호를 차단해서 연락을 못 받고 있는지도 모른다. 나는 삭제했던 카톡 친구 목록에 그 애를 다시 등록했다. 이번에는 카톡으로 메시지를 보냈지만 읽었다는 표시는 뜨지 않았다. 반응 없는 상대에게 계속 연락하고 있자니 내가 스토커라도 된 것처럼 느껴졌다. 나는 그 애의 카톡 프로필 사진을 답답한 심정으로 바라봤다.
 별이 촘촘히 박힌 밤하늘. 배경 화면은 기본 설정인 어두운 회색.

단념해야 할지도 모른다. 그 애가 사는 지역은 알지만 정확히 어느 동네인지도, 어느 학교에 다니는지도 모른다. 답답한 마음에 챗GPT에 질문을 던져보기도 했다. 전화번호만 아는 사람의 주소를 알 수 있는 방법이 있냐고. 돌아온 대답은 명확했다.

이런 질문은 사생활 침해가 될 수 있으며 법적으로도 논란의 여지가 있습니다.

풀지 못한 문제는 그대로였지만 시간은 쉼 없이 흘러갔다. 그사이, 좋은 소식도 있었다. 나는 면접을 봤던 대학에서 합격 통지를 받았다. 주변은 온통 대학 입시 결과로 떠들썩했다. 누군가는 꿈꾸던 대학에 합격했고, 누군가는 재수를 결심했으며, 누군가는 모든 대학에서 떨어졌다. 우리의 학창 생활이 어떤 모습이었는지는 중요하지 않았다. 마지막으로 기억되는 건 결국 누가 어떤 대학에 갔느냐였다. 나는 졸업식을 마친 뒤 전주를 떠나 서울로 올라갔고, 대학 기숙사에서 살게 되었다.

그리고 몇 주 뒤, 그 애의 카톡 프로필 사진이 바뀌었다.

점퍼를 입은 뒷모습. 점퍼에는 대학교 이름과 학과가 영문으로 쓰여 있었다. 그 사진을 확인한 순간 드디어 그 애를 찾을 방법이 보였다.

 인터넷 검색창을 열고 학교 주소를 검색했다. 내가 다니는 대학교와 지하철로 고작 20분 떨어진 곳이었다. 그 애를 만날 수 있을지도 모른다는 기대와, 곧 마주하게 될 진실에 대한 두려움이 나를 동시에 짓눌렀다.

✶ ✶ ✶

"이 학생을 찾고 있는데요. 이번에 입학한 신입생이에요. 혹시 어디로 가면 만날 수 있을까요?"

 학과사무실 책상에 앉은 남자에게 핸드폰을 건넸다. 화면에는 동영상에서 캡처한 그 애의 사진이 담겨 있었다. 남자는 바로 대답하는 대신, 옆에 앉은 동료에게 내 핸드폰을 내밀었다.

"이 학생 알아? 난 잘 모르겠는데."

 초조함으로 심장이 터질 것 같았지만 사진을 들여다본 직원은 고개를 끄덕였다. 남자는 내게 핸드폰을 돌려주며 의심스러운 눈초리로 내 얼굴을 훑었다.

"그쪽이랑 무슨 관계인데요?"

"제 동생이에요. 며칠 동안 연락이 안 돼서 어쩔 수 없이 학교까지 찾아왔어요."

미리 준비한 거짓말을 늘어놨지만 목소리는 한심할 정도로 떨렸다.

"전화해 봤어요?"

"그럼요, 통화가 안 되니까 여기까지 찾아왔죠."

"어떤 상황인지 일단 이 학생한테 먼저 확인할게요. 혹시 모르니까 그쪽 연락처 주시고요."

"그게…… 제가 일부러 지방에서 서울까지 올라왔어요. 오늘 수업을 듣는 날이면 지금 학교에 있을지도 모르잖아요. 수강 신청한 내역을 확인할 수는 없나요? 오늘 못 만나면 저는 서울에서 잘 데도 없어요."

남자는 난처하다는 듯 한숨을 쉬었지만 개인정보를 운운하며 끝까지 부탁을 들어주지 않았다. 결국 내 핸드폰 번호를 남기고 학과사무실을 나왔다. 복도를 오가는 학생들을 샅샅이 훑었지만 만나고 싶은 얼굴은 보이지 않았다. 교문 앞에서 기다려볼까. 하지만 수많은 학생이 교문을 지나다닌다. 그 인파 속에서 그 애의 얼굴을 발견할 자신은 없다. 학교로 무작정 찾아가면 만날 수 있을 거라고 생각한 내가 한심할 따름이었다.

"저기요."

뜻밖의 목소리에 고개를 돌렸다. 가방을 한쪽 어깨에 걸친 키 큰 여자가 나를 쳐다보고 있었다.

"아까 옆에서 사진 보니까 제가 아는 애 같은데. 진짜 가족 맞아요?"

마지막 기회였다.

나는 목소리에 간절함을 실어 대답했다.

"그럼요. 갑자기 왜 연락이 안 되는지 모르겠어요. 무슨 사고라도 당한 건 아닌지 부모님이 엄청 걱정하세요. 혹시…… 걔 지금 학교에 있나요?"

"따라오세요."

여자는 아래층 강의실 앞에 날 데려다준 뒤 자리를 떠났다. 복도에 서서 닫힌 문을 하염없이 노려봤다. 기다림이 길어질수록 거세게 뛰는 심장박동이 귀까지 울려 퍼지는 것 같았다.

그 애는 나를 보고 어떤 반응을 보일까.

반가워할 리는 없다. 왜 찾아왔냐며 다짜고짜 화를 낼지도 모른다. 도망치기라도 한다면 쫓아가야 하나? 생각이 거기까지 이르자 이 상황에 어울리지 않는 웃음이 새어 나왔다. 그때였다. 막 강의가 끝났는지 학생들의 웅성거림과 의자 밀리는 소리가 어지럽게 뒤섞여 흘러나왔다. 강의실 문이 열리며 학생들이 한꺼번에 복도로 쏟아졌다. 나는 눈도 깜박이지 못한 채 아이들의 얼굴을 훑었다.

그 애를 발견한 순간 내 발걸음이 빨라졌다. 그 애는 핸드폰을 보며 혼자 복도를 걷고 있었다. 나는 허둥지둥 달려가 그 애의 팔을 잡았다. 놀란 눈동자가 내 얼굴을 향했다. 그 애의 입술이 살며시 벌어졌다.

"나 기억나? 우리 1년 전에 별장에서 만났었잖아."

그 애는 작은 한숨을 내쉬었다. 당황한 기색이 얼굴에 떠올랐지만 이내 사라졌다. 그 애는 여전히 나에게 팔을 붙들린 채 놀랍도록 평온한 얼굴로 대답했다.

"당연하지. 그날을 어떻게 잊겠어."

내가 말했다.

"우리, 얘기 좀 하자."

4

 "일단 주문부터 할까? 내가 멋대로 찾아왔으니까 내가 살게. 뭐 마실래?"

 "난 아메리카노."

 자리에서 일어나 카페의 계산대 쪽으로 향했다. 그 애와 이야기를 나눌 장소로 미리 골라둔 카페였다. 아메리카노 두 잔과 샤인머스캣이 올라간 생크림케이크 두 조각을 주문한 뒤 그 애가 있는 쪽으로 슬그머니 시선을 돌렸다. 1년이 지났지만 그 애의 외모는 크게 달라지지 않았다. 그래서 아까도 쉽게 알아볼 수 있었다.

어떻게든 침착하려 했지만 그 애 앞에 쟁반을 내려놓는 손이 떨렸다.

"저기, 일단 먹고 얘기해도 될까? 널 찾느라 아직 점심을 못 먹어서."

그 애는 대답 대신 케이크를 향해 포크를 뻗었다. 우리는 불편한 침묵 속에서 커피를 마시고 케이크를 먹었다. 그 애의 케이크가 절반쯤 사라졌을 때 나는 입을 열었다.

"내가 눈치 없이 자꾸 연락했지? 너한테도 그날은 잊고 싶은 기억일 텐데. 불쑥 학교로 찾아와서 미안하지만 나도 이 방법밖에 없었어."

"됐어, 어차피 벌어진 일인데. 나를 왜 그렇게 보고 싶어 했는지는 모르겠지만."

"그동안 어떻게 지냈어? 아직도 책 많이 읽어?"

"예전만큼은 아니지만…… 읽기는 하지. 책 읽는 것도 습관이잖아."

"혹시 오늘 다른 볼일이 있어? 빨리 가봐야 하는 건 아니지?"

그 애는 나를 바라보다 천천히 고개를 흔들었다.

"괜찮아. 너도 느끼겠지만 고등학교를 졸업한 뒤로는 시간이 꽤 많아졌잖아."

"그렇다니 다행이다. 오늘 얘기가 꽤 길어질 거 같거든."

그 애는 희미하게 웃었다.

"무슨 뜻인지 모르겠네. 왜 날 찾아왔는지도 여전히 모르겠고."

"너희한테는 말 안 했지만 난 그날 분명히 뭔가 이상하다는 걸 느꼈어. 잘못 끼운 퍼즐 한 조각 때문에 다른 조각들의 위치까지 모두 꼬였달까. 하지만 머릿속이 계속 뿌연 상태라 도저히 알아차릴 수가 없었어. 편지들이 연달아 발견되는 바람에 정신이 없었으니까. 평소였다면 어떤 퍼즐이 문제였는지 금세 골라낼 수 있었을 거야."

"좀 알아듣게 말해줄래?"

"1년 전 그날, 우리는 다 같이 서재로 올라갔어. 한별이가 책 선물을 빨리 받고 싶다고 현수를 재촉했거든. 처음엔 주원이와 현수, 한별이가 앞장섰지만 여자 친구 얘기를 나누며 뒤로 처졌고, 자연히 너랑 내가 맨 앞에서 걷게 됐지. 나는 그 별장에 도착하자마자 서재에 가봤기 때문에 서재 위치를 알고 있었어. 서재는 복도를 기준으로 오른쪽에 있었고. 하지만 서재 문을 연 사람은 내가 아니라 너였어. 편지를 넣느라 미리 들어가 보지 않았다면 서재 위치를 어떻게 알았을까?"

그 애의 눈꺼풀이 한 번, 그리고 또 한 번 깜박였다. 하지만 그 애는 곧 황당하기 짝이 없다는 표정을 지었다.

"서재를 바로 찾았다고 내가 범인이라는 거야? 1년 전 일이라 기억도 잘 안 나지만, 난 오른손잡이니까 몸이 자연히 오른쪽으로 돌아갔겠지. 아무도 거기가 아니라는 말을 하지 않길래 문고리를 돌렸을 테고."

이런 변명쯤은 예상했다. 나는 그 애의 케이크 접시로 시선을 돌렸다.

"그렇구나. 그럼 다른 얘기를 해볼까? 내가 왜 너를 이 카페로 데려왔는지 알아? 다양한 케이크를 파는 카페는 여기밖에 없더라고."

"도대체 무슨 말이 하고 싶은 거야, 김유정? 난 정말 아니라니까?"

"현수는 우리를 위해 모임 전날에 케이크를 사다 놨어. 포도, 딸기, 오렌지가 올라간 생크림케이크였지. 현수는 한별이한테 포도 알레르기가 있다는 걸 몰랐을 거야. 화상채팅으로 그 얘기를 나눴을 땐 나와 한별, 은서만 있었으니까. 한별이가 포도 알레르기 얘기를 꺼내자 은서는 자기도 그렇다며 신기해했어. 포도 알레르기가 있다는 사람들은 처음 봐서 난 그 얘기를 똑똑히 기억해. 이제 내가 무슨 말을 하는지 알겠니?"

그 애의 얼굴에서 웃음기가 사라졌다. 그 표정을 보자 마침내 확신이 섰다.

"독서 모임 〈더 클래식〉의 회원 최은서에게는 포도 알레르기가 있어. 하지만 1년 전 그날, 너는 포도가 올라간 케이크를 거리낌 없이 입에 넣었지. 그것도 기억이 안 난다면 보여줄게."

나는 핸드폰에 담긴 동영상을 재생했다. 영상 속 그 애는 접시를 왼손에 든 채 케이크를 먹고 있었다.

"겨우 그거였어? 한별이는 포도 알레르기가 심하지만 난 그 정도는……."

그 애는 말을 멈추고 자기 앞에 놓인 접시를 내려다봤다. 샤인머스캣이 촘촘히 올라간 생크림케이크. 이제 3분의 1밖에 남지 않았다.

그 애의 입꼬리가 서서히 올라갔다. 그 애는 의자에 등을 기대고 웃음 섞인 한숨을 내쉬었다. 그 담담한 모습과 반대로 이제는 내 심장이 거칠게 뛰기 시작했다. 카페 안을 오가는 사람들의 기척과 스피커에서 흐르는 경쾌한 음악은 백색소음처럼 머릿속 어딘가로 밀려났다.

그 애가 마침내 입을 열었다.

"그거 알아, 김유정? 난 그날 이런 생각을 했어. 너희 중에 누군가 범인을 알아낸다면 그건 바로 너일 거라고. 그리고 언젠가 이런 상황이 닥친다면 너한테는 진실을 말해주기로 마음먹었어. 네 과거는 끝까지 밝혀내지 못해서 그런가, 그나마 네가 제일 괜찮은 애 같았거든. 다 대답해 줄 테니까 궁금한 것부터 물어봐. 아, 잠깐. 이 케이크는 마저 먹어도 되지? 맛있는 케이크는 도저히 못 참겠거든."

"다 대답해 준다고?"

"응."

"그럼 첫 번째 질문부터 할게."

맞은편의 새까만 눈동자가 나를 차분히 응시했다. 나는 간신히 물었다.

"넌 도대체 누구야?"

5

기숙사 방으로 돌아오자마자 의자에 무너지듯 주저앉았다. 창밖 하늘은 어느새 저녁노을로 물들어 있었다. 카페에서 들은 이야기들이 머릿속에서 부딪치며 관자놀이를 짓눌렀다. 그 애를 만나 진실을 알아내면 다른 아이들에게도 알리겠다고 결심했지만 지금은 확신이 서지 않았다. 다른 아이들의 마음을 또다시 뒤흔드는 게 옳은 일일까. 나는 진통제 한 알을 물도 없이 삼켰다.

하지만.

상처뿐인 기억을 끌어안고 살아가기보다는 진실을 마주

하는 편이 낫지 않을까. 때로는 진실이 거짓보다 고통스럽지만 외면한다고 사라지는 건 아니니까. 다시 나아가기 위해서는 결국 그 진실과 제대로 마주해야 하지 않을까.

나는 핸드폰 연락처 목록에서 현수의 이름을 눌렀다. 계속된 신호음 끝에 익숙한 목소리가 들렸다.

"여보세요?"

"이현수, 오랜만이다. 나 김유정이야."

아무 대답도 들려오지 않았다. 현수가 전화를 끊을까 봐 다급히 말했다.

"제발 끊지 마, 현수야. 나도 진짜 용기 내서 너한테 전화한 거야."

또다시 침묵.

하지만 이번에는 현수가 먼저 입을 열었다.

"전화 안 끊어. 그냥 좀…… 당황스러워서 그래. 그동안 잘 지냈어?"

"응. 난 지금 서울에 있어. 대학 기숙사에서 살아."

"그렇구나. 혹시…… 예전부터 가고 싶어 했던 대학?"

"응. 운이 좋았어."

현수의 목소리가 한 톤 높아졌다.

"축하해. 정말 잘됐다. 저기, 김유정. 무슨 일로 전화했는지는 모르겠지만…… 나부터 말해도 될까? 그게…… 휴, 너무 갑작스러워서 그런지 말이 잘 안 나오네. 그러니까 내가 하고 싶은 말은…….”

나는 인내심을 가지고 현수의 목소리를 기다렸다. 다시는 전화하지 말라는 소리만 듣지 않기를 바라며. 하지만 내 걱정과 달리 현수는 뜻밖의 말을 꺼냈다.

"미안하다, 유정아. 내가 먼저 전화해야 했는데. 너희한테 다시 연락해 볼까 나도 몇 번이나 고민했어. 근데 내가…… 헤어질 때 다시는 서로 연락하지 말자고 했잖아. 뱉은 말이 있어서 창피하기도 하고, 아무래도 너희가 나를 제일 의심하는 거 같아서 두렵기도 했어. 그날 일을 생각하면 아직도 현실 같지가 않아. 지독한 악몽을 꾼 것 같다고."

시야가 흐려지며 눈물이 쏟아질 것 같았다. 목이 메는 걸 참으며 가까스로 말했다.

"나도 마찬가지야."

"다른 애들은 어땠는지 모르겠지만 나는…… 고3 시절을 보내는 동안 너희 생각을 많이 했어. 너희랑 소설 얘기를 할 때면 잠시나마 숨통이 트였는데. 그날 일을 떠올리면 이제는…… 화가 나기보다는 안타까워. 우리는 소설을 열심히 읽어서 알잖아. 세상에는 좋기만 한 사람도, 나쁘기만

한 사람도 없다는 걸. 누구나 빛과 그림자를 함께 가지고 있는데 그날 우리가 서로에게 드러낸 건 그중에서도 제일 어두운 그림자였어."

현수에게 보이지 않는다는 걸 알면서도 나는 고개를 끄덕였다.

"너희 어머님 소식, 인터넷에서 봤어. 방송국 홈페이지에 사과문을 올리셨다며."

"그 프로그램은 이제 종방한 것도 알아?"

"응."

"그게…… 부끄럽지만 내가 엄마를 설득했어. 프로그램이 한창 방영될 때 정식으로 사과하라고. 문제가 됐던 음식점 사장님한테, 그리고 시청자들한테도. 생각해 보니까 속죄할 기회는 항상 주어지는 게 아니더라고. 프로그램이 끝난 뒤에 용서를 빌어봤자 무슨 소용이겠어? 그 사과문이 논란이 되면서 시청률이 떨어지기 시작했고, 결국 프로그램까지 없어졌지만 엄마는 후회 안 하셔. 엄마도 그때 일로 마음이 불편했던 거겠지."

현수는 한숨과 함께 말을 이었다.

"나만 눈치 없이 계속 떠들고 있네. 내 변명이나 듣자고 1년 만에 전화하지는 않았을 텐데. 오늘 연락한 건…… 그냥 안부 전화야?"

"누가 편지를 썼는지 알아냈어. 그 얘기를 들려주려고 전화한 거야."

지금까지 벌어진 일들을 현수에게 빠짐없이 설명했다. 현수는 한참이 지나도록 말이 없었다. 현수가 생각을 정리할 수 있도록 나는 차분히 기다렸다.

"아, 도대체…… 무슨 말을 해야 할지 모르겠다. 가끔은 현실이 소설보다 더 허구 같다니까. 그날 우리한테 솔직히 고백했으면 이 지경까지 되지는 않았을 텐데. 어쨌든 알려 줘서 고마워, 유정아."

"아직 끝이 아니야. 다른 애들도 진실을 알아야 해."

"어떻게?"

나는 잠시 침묵했다. 몇 번이나 생각했지만 방법은 하나뿐이었다.

"독서 모임의 운영자로서 네가 아직 할 수 있는 일이 남아 있어."

1

 버스에서 내리자 따스한 봄볕이 온몸을 감쌌다. 1년 전 그날처럼 가슴이 세차게 뛰지만 설렘이 자리할 공간은 없다. 나는 움츠러드는 어깨를 억지로 펴며 별장을 향해 무거운 걸음을 옮겼다. 더 이상 흔들리면 안 된다. 아이들을 다시 부르자고 한 건 내 생각이었으니까. 지난번 모임의 운영자가 현수였다면 이번 모임의 운영자는 나다.

 별장 앞에서 걸음을 멈춘 채 정원을 바라봤다. 눈송이의 무게에 휘청거리던 나뭇가지에 이제는 분홍색 꽃들이 피었다. 퍼석거리던 잔디도 봄기운을 머금고 있다. 지난번에는 보이지 않았던 작은 파라솔과 벤치를 지나 마침내 현관 앞에 이르렀다. 초인종을 누르자 안에서 다급한 발소리가 들렸다.

"어서 와, 김유정."

나는 현수를 바라보며 어색한 미소를 지었다.

"오랜만이다. 안경은…… 바꾼 거지?"

"아, 그새 눈이 더 나빠져서. 대학생도 됐겠다, 좀 더 비싼 테로 바꿨지. 어때? 예전보다 나아?"

"응, 잘 어울려."

"너도 머리가 많이 길었는데? 그때는 훨씬 짧았잖아. 얼굴도…… 음, 뭔가 달라 보이는데."

"나 화장했어."

우리는 서로를 물끄러미 바라보다 동시에 웃음을 터뜨렸다. 서먹했던 분위기가 조금이나마 누그러졌다. 나는 현수가 놓아준 슬리퍼를 신고 거실로 들어갔다. 현수의 할머니는 오늘도 이 별장을 빌려주셨다.

봄을 맞이한 정원과 달리 거실은 그대로다. 마주 놓인 소파 두 개와 그 사이에 자리한 탁자. 현수는 지난번에 자신이 앉았던 의자까지 벽난로 앞에 갖다 놓았다.

나는 1년 전에 앉았던 자리에 다시 앉으며 물었다.

"울산에 있는 공대에 다닌다고 했지? 나처럼 기숙사에서 지내?"

"아니. 나는 학교 근처 원룸에 살아. 빨래부터 음식물 쓰레기 처리까지 혼자 다 하려니 죽겠어. 예전에는 부모님 덕분에 진짜 편하게 살았구나 싶더라."

나는 고개를 끄덕이며 웃었다.

"다른 애들도 오겠지? 한별이랑 주원이한테는 뭐라고 문자 보냈어?"

"그날의 진실이 궁금하다면 오늘 1시에 이 별장으로 오라고. 근데 답장은 아무한테도 못 받았어. 너도 그 애한테 연락했지?"

"응. 내가 대신 말할 수도 있지만 그래도 네가 와서 직접 설명해 주면 좋겠다고 했어. 걔도 답장은 안 했어."

"쉬운 일은 아니겠지. 어쩌면…… 끝까지 우리 둘뿐일지도 모르겠네."

벽시계는 1시 10분을 가리키고 있었다. 설사 아무도 나타나지 않더라도 결과를 받아들여야 한다.

"점심은 먹었어, 유정아?"

"응, 기차 안에서 대충 때웠어. 배 안 고파."

"그럼 마실 것만 가져올게."

부엌으로 사라졌던 현수가 김이 피어오르는 머그잔 두 개를 들고 돌아왔다. 나는 머그잔에 담긴 차를 보며 물었다.

"오늘은 핫초코가 아니네?"

현수가 소리 내어 웃으며 머그잔을 입가로 가져갔다.

우리는 한동안 말없이 차를 마셨다. 머그잔의 바닥이 드러날 때까지도 초인종은 울리지 않았다. 시간은 어느새 1시 40분을 지나고 있었다.

현수가 침묵을 깼다.

"몇 시까지 기다려야 하나……."

"내 기차표는 저녁 8시 출발이야. 네가 괜찮다면 그때까지 기다려보고 싶은데."

"어차피 토요일인데 나야 괜찮……."

초인종이 울렸다.

우리는 그 소리를 믿을 수 없다는 듯 서로의 얼굴을 바라봤다. 이내 현수가 벌떡 일어나더니 현관으로 뛰듯이 걸어갔다. 문이 열리는 소리와 함께 귀에 익은 까칠한 목소리가 들렸다.

"너무 늦었나?"

주원과 한별이 문가에 서 있었다. 한별이 손가락으로 주원을 가리켰다.

"기차역에서 우연히 만났어. 같이 택시 타고 오는데 뻘쭘해서 죽는 줄."

"야, 정한별. 나도 마찬가지였거든?"

현수가 말했다.

"정말 잘 왔어, 얘들아. 어서 들어와."

한별은 1년 전과 달리 귀밑까지 오는 단발머리를 하고 있었다. 무릎 위로 훌쩍 올라오는 짧은 치마에 화장도 진해졌다. 주원은 청바지에 얇은 스웨터를 입은 평범한 차림이었지만 머리카락은 예전보다 길었다. 나는 거실로 들어온 두 아이와 어색한 인사를 나누었다. 주원과 한별도 1년 전과 똑같은 자리에 엉덩이를 붙였다.

내가 주원의 귀를 흘끔거리자 주원이 멋쩍게 말했다.

"수능 끝나자마자 피어싱 숍으로 달려가서 잔뜩 뚫었지. 다른 것도 볼래?"

주원이 옷소매를 걷어 올리자 왼쪽 팔목 위에 작은 타투가 드러났다. 시술한 지 얼마 되지 않았는지 주변이 불그스름했다.

"멋있다. 안 아팠어?"

"참을 만했어."

현수가 주원과 한별 앞에 머그잔을 놓으며 두 사람의 안

부를 물었다. 한별은 결국 서울에 있는 대학 진학의 꿈은 이루지 못했다. 그래도 부산에서 꽤 이름 있는 대학의 영문학과에 합격했다고 했다.

주원이 말했다.

"난 대학 포기했어. 책을 많이 읽었던 게 도움이 됐는지 언어 영역 점수는 괜찮았는데 다른 과목은 엉망이었거든. 내신이야 뭐, 말할 것도 없고. 엄마는 재수 학원이라도 다니라고 난리인데 잘 모르겠어. 지금은 동네 카페에서 알바 중이고."

현수가 고개를 끄덕였다.

"그랬구나. 다들 책은 아직도 많이 읽어?"

한별이 말했다.

"난 별로. 수능 끝나자마자 넷플릭스에 빠져서. 친구들이랑 노느라 바쁘기도 하고."

주원이 말했다.

"나도 예전만큼은 아니야. 특히 고전소설은 그날 일이 생각나서 그런지 손이 안 가더라. 다른 소설을 읽으려고 해도 왠지 흥이 안 나고. 함께 읽는 게 꽤 즐거운 경험이라는 걸 강제로 배웠다고나 할까."

한별이 머그잔을 감싸 쥐며 고개를 숙였다.

"난 사실…… 여기 올지 말지 엄청 고민했어. 그날 내가 좀…… 진상이었잖아. 하필이면 내 편지가 제일 먼저 발견돼서 제정신이 아니었나 봐. 그날만 생각하면 이불킥을 천 번은 하고 싶어. 아무리 생각해도 내가 제일 심했어. 그래도 용기를 낸 건 이현수, 너한테 답장을 못 해서……."

현수가 물었다.

"답장? 그게 무슨 소리야?"

"네가 우리한테 쓴 엽서들이 탁자 위에 있었잖아. 유정이가 자기 엽서를 챙기길래 나도 가져왔거든. 집에 가는 기차 안에서 그 엽서를 읽는데 머리가 띵하더라. 물론 누가 범인인지 모르는 상황이었지만 그래도……. 내가 오늘 여기 온 건 이현수, 너한테 쓰지 못한 답장 대신이야."

내가 말했다.

"그 엽서에 대해서라면 나도 할 말이 있어. 내가 현수한테 연락할 수 있었던 것도 그 엽서 덕분이었거든. 그 다정한 마음에 용기를 냈다고나 할까."

현수의 뺨이 순식간에 붉어졌다. 현수는 당황한 기색을 숨기지 못한 채, 1년 전보다 짧아진 머리카락을 어색하게 쓸어 넘겼다.

"와……. 너희가 그런 생각을 했을 줄은 몰랐어. 쓰레기통에 처참하게 버려지긴 했지만 그래도 쓴 보람이 있었네. 야, 고주원. 너도 내 엽서 가져갔잖아! 넌 감동 안 받았냐?"

"감동까지는 모르겠고 버리지는 않았는데. 아무튼 나도 미안하다. 솔직히 그날 제일 재수 없게 군 건 나잖아. 아빠 얘기를 하게 돼서 무지 쪽팔렸거든. 너희가 진짜 보고 싶어서 만나자고 했던 건데 그걸 가지고 범인으로 몰리니까 열 받기도 했고."

나는 옆자리에 앉은 주원을 향해 고개를 숙였다.

"내가 널 의심했지. 정말 미안해."

"이제 와서 무슨 사과야. 나도 똑같이 굴었는데, 뭐. 오그라드니까 다들 그만하자. 그나저나 이현수, 네가 보낸 문자는 뭐야? 드디어 범인을 찾기라도 한 거야?"

한별이 다급하게 물었다.

"누가 그랬는지 정말 알아냈어?"

"아, 내가 밝힌 건 아니고 유정이가 대학 면접을 보러 갔다가……."

"그게 누군데? 아직 안 온 사람은 최은서뿐이잖아. 혹시 은서가 그랬어?"

그 순간 또다시 초인종이 울렸다.

모두의 머리가 현관 쪽으로 돌아갔다. 긴장한 얼굴로 몸을 일으킨 현수는 우리와 한 명씩 시선을 맞추었다.

"다들 이 집에 다시 오기까지 많이 망설였을 거야. 하지만 문밖에 서 있는 그 애한테는 더 큰 용기가 필요했겠지. 지난번 같은 일이 되풀이되는 건 너희도 바라지 않을 거야. 앞으로 무슨 얘기를 듣게 되든 이번에는 좀 더 침착하게 받아들이자."

한별과 주원은 영문을 모르겠다는 얼굴이었지만 그러겠다고 대답했다. 현수는 우리를 뒤로한 채 현관으로 향했다.

문 앞에는 그 애가 서 있었다.

2

"재밌다. 지난번이랑 다들 똑같은 자리에 앉아 있잖아. 그럼 나도 정한별 옆에 앉을까?

지금이 3월 중순이니까 고등학교를 졸업한 지 두 달도 안 됐는데 이제 다들 어른처럼 보이네. 한 명이라도 빠질 줄 알았는데 이렇게 다 모일 줄은 몰랐어. 너희도 그 사건의 진상이 어지간히 궁금했나 봐.

김유정한테 어디까지 들었어? 정한별과 고주원, 너희는 아직 아무것도 모른다고? 차라리 잘됐다. 내가 처음부터 얘기하는 편이 이해하기 쉬울 테니까.

정식으로 내 소개를 할게. 내 이름은 최은서가 아니라 김재영이야.

아니야, 너희의 독서 모임에 3년 동안 꼬박꼬박 출석한 사람은 최은서가 맞아. 나는 1년 전 그날, 은서 행세를 하고 이 별장에 왔던 거고. 그래, 책에 편지를 넣은 사람도 내가 맞아. 많이 놀랐지? 너희 표정을 보니까 미안해지네. 일단 진정할 시간을 줄게. 다 말할 테니까 내 얘기를 끝까지 들어줘.

이제 준비됐니?

어디서부터 말해야 할까. 김유정한테 그랬던 것처럼 일단 우리 가족 얘기부터 해야겠지.

우리 부모님은 내가 초등학생 때 이혼했어. 둘 다 날 키우고 싶어 하지 않아서 외삼촌 댁에서 살게 됐지. 외삼촌과 외숙모는 날 선뜻 받아주실 만큼 좋은 분들이셨어. 딸이 생긴 기분이라며 얼마나 잘해주셨는지 몰라. 내 꿈은 배우가 되는 거였는데, 외숙모는 날 연기 학원에 보내주려고 알바까지 시작하셨다니까.

그 집에는 나랑 동갑인 남자애도 있었어. 말수가 적긴 해도 다정한 부모님 밑에서 자라서 그런지 착한 애였어. 아무리 사촌이라도 갑자기 여자애랑 살게 돼서 불편했을 텐데 말이야. 그 집에서 산 지 2년쯤 지났을 때였나. 하루는 걔가 이런 말을 하더라.

네가 우리 집에 와서 참 다행이라고.

그 순간 뭐랄까, 내 마음속에 남아 있던 벽이 무너지는 기분이었어. 그제야 비로소 그 사람들을 진심으로 받아들였던 거 같아. 내 진짜 가족은 이 사람들이라고. 우리 가족이 더 행복해질 수 있다면 뭐든지 하겠다고 말이야.

근데 있지, 삶이 무너지는 건 한순간이더라. 내 사촌이 교통사고를 당했어. 친구가 몰던 차에 탔다가 사고가 났고, 왼쪽 팔꿈치가 부러져서 수술을 받았지. 의사는 무사히 회복할 거라고 했지만 그렇지 않았어. 도무지 왼손에 힘을 주지 못하는 거야.

다른 병원에도 가봤지만 어디에서도 정확한 원인을 몰랐어. 걔는 하필 왼손잡이였고, 어렸을 때부터 애니메이션을 좋아해서 애니메이터가 되길 꿈꾸던 애였는데.

너희는 세상에서 제일 불행한 사람이 누군지 생각해 본 적 있어? 난 그 답을 알아. 세상에서 제일 불행한 사람은 과거에는 행복했던 사람이야. 내 사촌이 그렇게 되고 집안 분위기는 엉망이 됐어. 걔는 고등학교도 자퇴하고 집에 틀어박혔지. 왜 면허도 없는 애가 모는 차에 탔느냐며 외숙모가 속상해할 때마다 걔는 이렇게 말했어.

그 애가 강요했다고. 일진 같은 애라 어쩔 수 없었다고 했지.

그래, 맞아. 내 사촌 이름은 이수호.

고주원이 몰았던 차에 탔던 애야.

잠깐, 고주원. 내 말 끊지 말고 들어. 다 설명한다고 했잖아.

솔직히 난 아직도 너한테 감정이 좋지 않아. 네가 차만 몰고 나오지 않았어도 그런 사고는 없었을 테니까. 넌 다친 데도 없는 데다 벌금만 내고 풀려났지. 뭔가 잘못됐다고 생각하지 않니? 너도 수호처럼 가장 소중한 걸 잃었어야 공평하잖아. 그래서 난 결국 이런 결론을 내릴 수밖에 없었어.

운명이 네 편이었다면 어쩔 수 없다고. 네가 가장 소중히 여기는 걸 내가 직접 망가뜨려 줄 수밖에.

그러려면 너에 대해 최대한 많은 걸 알아내야 했고, 정보를 모으는 건 별로 어렵지 않았어. 수호랑 네가 같은 중학교에 다녔던 만큼 우린 멀지 않은 곳에 살았으니까.

반반한 얼굴 덕분인지 넌 꽤 유명한 애였어. 우리 학교 애들이랑 학원 애들을 통해 네 베프들이 누구인지 알아내는 건 일도 아니었지. 마침 그중 한 명이 나랑 같은 학원에

다니더라. 걔한테 의도적으로 접근해서 사귀자고 했고, 걔를 통해 네 정보를 캐기 시작했어.

그날 네가 했던 말 기억나? 베프 두 명한테만 독서 모임에 대해 말했다고 했잖아. 난 네가 독서 모임을 3년 동안 이어왔고, 그 모임을 무척 소중히 여긴다는 걸 알게 됐어. 남친을 통해 알게 된 독서 모임 이름을 검색하니 이현수의 블로그가 나오더라고.

처음엔 나도 그 모임에 끼려고 했어. 하지만 남친한테 슬쩍 물어보니 이렇게 말했어. 학폭을 당해서 소심한 회원도 있기 때문에 신입 회원은 받지 않는다고.

운영자를 조르기라도 해야 하나 고민하고 있을 때 놀라운 기회가 생겼어.

남친이 그러더라. 그해 겨울방학에 첫 번째 오프라인 모임이 열릴 거라고. 그것도 고주원이 적극적으로 추진해서 열리는 모임이라 주원이가 지금 엄청 들떠 있다고. 어떻게 해야 오프라인 모임에 낄 수 있을까 고민하며 블로그의 글을 샅샅이 읽었지.

너희들 참 대단하더라. 책을 좋아하는 것도 신기한데 고전소설이라니. 보기만 해도 잠이 쏟아지는 책들을 읽고 토론까지 하다니. 이현수가 모임에서 나온 말들을 정리해 놨는데 가관이더라. 고등학생밖에 안 된 애들이 인간에 대해 다 안다는 듯이 떠들고 있잖아.

도대체 너희는 얼마나 완벽한 인간이길래.

그래, 당시의 난 완전히 꼬여 있었어. 뭘 봐도 곱게 보이지 않았지. 고주원과 같은 모임에서 웃고 떠들고 있는 것만으로도 너희가 미웠어.

한편 이런 생각도 들었어. 학폭 피해자인 회원도 있댔는데 과연 그 애도 오프라인 모임을 반가워할까? 그 애를 설득해서 내가 대신 갈 방법은 없을까?

문제는 이거야. 과연 그 애가 누구인가.

그 힌트도 현수의 블로그에서 찾았어. 첫 번째 온라인 모임이 끝난 뒤에 회원들의 일러스트와 이름, 성격 따위를 깔끔하게 정리해 놨더라고. 부산에 사는 발랄한 한별, 서울에 사는 시크한 주원, 전주에 사는 어른스러운 유정. 그리고 회원들의 목소리와 말투만 듣고도 멋진 일러스트를 그려준 수줍음 많은 은서.

자, 그렇다면 이 중에서 누가 학폭을 당했을까? 아무래도 수줍음이 많다는 애가 가장 가능성이 크겠지.

은서와 직접 소통할 방법을 궁리하며 회원들의 일러스트를 들여다보는데 뭔가 눈에 띄었어. 은서가 그린 자신의 일러스트 아래에 사인처럼 남긴 영문자가 희미하게 보이는 거야. 혹시나 해서 인스타그램 검색창에 입력해 봤더니 계정 하나가 나왔어. 계정 이름은 '학교가 제일 싫은 E'. 직접 그린 듯한 애니풍의 일러스트 아래에는 외롭고 힘든 학교생활에 대한 푸념이 적혀 있었지.

그래서 곧바로 DM을 보냈어. 혹시 최은서가 맞냐고. 네가 속한 독서 모임 회원인 고주원 때문에 내 사촌은 꿈을 잃어버렸다고. 너도 애니와 그림 그리는 걸 좋아하니까 내 사촌이 얼마나 상심했을지 이해할 거라고.

그걸로는 약하다 싶어 거짓말도 보탰어. 고주원은 학교에서 유명한 일진인데, 걔가 다른 애들을 얼마나 괴롭히고 다니는지 아느냐고. 너 대신 내가 모임에 나가서 복수할 수 있게 도와달라고.

은서를 간신히 설득해서 만나기도 했지만 은서는 여전히 떨떠름해했어. 그럴 만도 해. 3년 동안 너희와 함께한 의리가 있었을 테니까. 난 결국 더 큰 거짓말을 해야 했어. 나쁜 애는 고주원만이 아니라고.

다른 애들도 과거에 돌이킬 수 없는 잘못을 저질렀다고.

은서는 결국 내 계획에 찬성했고, 걔한테서 내가 알아야 할 모든 정보를 들었어. 너희의 최애 소설부터 성격, 3년 동안 있었던 중요한 사건 같은 것들 말이야. 그렇게 오프라인 모임 날짜가 확정되고 마침내 서로의 연락처를 교환했을 때, 은서는 너희에게 내 핸드폰 번호를 알려줬어.

자, 이제 어떻게 된 일인지 대충 알겠지?"

3

 재영의 이야기가 끝나자 주원은 할 말을 간신히 삼키는 듯 미간을 찌푸렸다. 한별은 아직도 이해가 안 된다는 얼굴로 재영을 향해 눈을 깜박였다.

 한별이 말했다.

 "하지만…… 화상채팅 때 들었던 은서 목소리랑 네 목소리는 정말 똑같았는데……."

 "아까 말했잖아. 나 이래 봬도 배우 지망생이라 연기 학원까지 다녔어. 목소리와 말투 정도야 비슷하게 흉내 낼 수 있지. 게다가 은서는 너희보다 말수가 적었잖아. 목소리가 다르다는 걸 누가 지적했어도 화상채팅으로 듣는 목소리와 실제 목소리는 차이가 있으니까 그걸 핑계 삼아 변명할 생각이었고."

"그럼 우리의 과거는 어떻게 알아냈는데?"

"이현수가 제일 쉬웠어. 블로그를 보니 엄마가 케이블 방송사의 PD고, 어떤 프로그램을 담당하고 있는지도 감이 잡히더라. 그 프로그램을 검색해서 식당 사건을 찾았지. 한 사람 정도는 가족의 잘못이 나와도 괜찮겠다고 생각했어."

현수가 침울하게 말했다.

"너희도 아는지 모르겠지만 내 블로그는 1년 전 그날 이후로 비공개로 돌렸어."

한별이 말했다.

"알아. 블로그가 닫힌 걸 보고 우리 모임은 진짜 끝났구나 생각했어. 그럼 내가…… 그런 소문을 퍼뜨렸던 건 어떻게 알아냈어?"

한별을 가만히 바라보던 재영이 다시 입을 열었다. 우리는 재영의 이야기에 귀를 기울였다.

재영이 한별에 대해 아는 정보라고는 이름과 부산에 사는 고등학생이라는 것, 교내 상담 동아리의 부장이라는 것뿐이었다. 그것도 모두 은서에게 들어서 아는 사실이었다.

재영은 우선 인터넷으로 상담 동아리가 있는 부산의 고등학교를 검색했다. 학교는 모두 다섯 군데. 두 곳은 여고, 한 곳은 남고였으며 나머지 두 곳만 남녀공학이었다. 은서는 한별이 독서 모임에서 같은 반 남자애들 이야기를 자주 했다고 했다. 그러니 한별은 남녀공학인 고등학교에 다니고 있을 터였다.

어떻게 하면 한별에 대한 정보, 그것도 '나쁜' 정보를 모을까 고민하던 재영은 자신의 학교에도 있는 '대신 전해드립니다' 인스타그램 계정을 떠올렸다. 원래는 직접 말하기 힘든 이야기들을 계정 주인이 DM으로 제보받아 익명으로 전하는 것이 목적이었으나, 실제로는 화장실에서 에어팟을 분실했다거나 1학년은 선배들보다 급식실에 먼저 오지 말라는 등 온갖 잡다한 내용이 담긴 피드들이 올라오곤 했다.

재영이 조사해야 하는 두 고등학교에도 다행히 그런 인스타그램 계정이 있었다. 재영은 비공개 계정을 만들어 A고등학교의 '대신 전해드립니다' 계정에 DM을 보냈다.

물론 이번에도 거짓말이 필요했다.

저는 부산 XX고등학교의 교지 편집 동아리 부원입니다. A고등학교 상담 동아리를 취재하고 싶은데, 정한별 부장님은 이 동아리를 어떤 식으로 운영하고 계시나요? 연락처를 아시는 분은 가르쳐주세요.

재영의 질문은 A고등학교 인스타그램에 '대신 전해지지' 않았다. 계정 주인은 자기가 그 동아리 부장을 잘 아는데 이름이 다르다는 답장을 보내왔다. 그래서 이번에는 B고등학교 인스타그램에 같은 DM을 보냈다.
며칠 뒤, 재영의 글은 B고등학교 인스타그램에 피드로 등록됐다. 댓글은 세 개였다.

- 그 동아리 괜찮아요.
- 나 정한별 친군데 완전 신기해 ㅎㅎ

마지막 댓글은 이랬다.

- 정한별은 쓰레기.

재영은 이거다 싶었다. 마지막 댓글의 작성자도 비공개 계정이었다. 재영은 DM으로 정한별에 관해 물었고, 그 아이는 학교에 퍼진 악소문에 대해 알려주었다. 한별 때문에 한 여학생이 결국 전학을 갔고, 자신은 그 여학생과 사귀는 사이였다고.

"그래, 마지막 댓글을 단 사람이 바로 정한별이 좋아했던 남자애야. DM으로 자기 여자 친구와 정한별이 나눈 카톡까지 보내줬어. 그 카톡은 편지봉투에 함께 넣을 쓸모 있는 증거가 됐고.

그 남자애는 이렇게 말했어. 어떻게든 여자 친구를 돕고 싶었지만 방법이 없었다고. 이미 여자애들 사이에서 왕따가 되어 더 이상 견디지 못했다고. 그러면서 상담 동아리를 취재하지 말고 차라리 이 사건을 교지에 실으라고 했어."

그렇게 말하는 재영의 머리 위로 햇빛이 쏟아져 들어왔다. 재영은 생각에 잠긴 얼굴로 눈을 감았다 떴다. 그리고 한별에게 말했다.

"우리랑 헤어진 뒤에 그 여자애한테 사과했지?"

"그걸 어떻게……."

"그 남자애가 오랜만에 DM을 보냈더라고. 정한별이 이제 와서 자기 여자 친구한테 사과 메일을 보내는데 어처구니가 없다고. 그러면서 교지에는 그 사건을 안 실을 건지 다시 물었어."

모두의 시선이 한별에게 쏠렸다.

한별은 도저히 우리를 쳐다볼 수 없다는 듯 고개를 떨어뜨렸다. 한별의 두 주먹 안에서 짧은 치맛자락이 구겨졌다.

"그날은 내가…… 참 뻔뻔하게 굴었지만…… 너희 앞에서 변명을 늘어놓을수록 내가 무슨 짓을 저질렀는지 절절히 와닿았어. 집에 와서 며칠 뒤에 용기를 내 전화했는데 안 받더라. 나 같은 애랑은 말도 섞기 싫겠지.

그래서 메일을 썼는데 답장은 못 받았어. 내가 아무리 사과하고 반성해도 그 애가 받은 상처는 없어지지 않겠지. 아물기는커녕 계속 덧나는 상처도 있는 법이니까."

한별의 작은 숨소리만이 거실을 떠돌았다.

한별에게 어떤 마음을 품어야 마땅한지 알지 못한 채, 나는 치맛자락을 움켜쥔 한별의 가느다란 손가락을 하염없이 바라봤다.

"답장이 오지 않을 걸 알면서도 여전히 메일함을 확인해. 내가 저질렀던 일처럼 어떤 잘못은 영원히 되돌릴 수 없어. 그 애가 용서하지 않는 이상 완전한 속죄는 불가능하겠지."

내가 조심스레 말했다.

"과거는 바꿀 수 없지만 미래는 바꿀 수 있어. 그것도 속죄의 한 방법이 아닐까. 네가 지금 하고 있는 일도 그런 의

미지?"

현수가 끼어들었다.

"무슨 말이야?"

"이번엔 내가 뒷조사를 했어. 한별이 인스타그램을 찾아보니까 청소년 상담 자원봉사를 하고 있던데."

한별이 다급히 고개를 흔들었다.

"아직 시작한 건 아냐. 일단 센터에서 교육부터 받아야 하거든. 내 마음이 편해지려고 하는 일이라고 욕할지 모르겠지만…… 뭐라도 해야겠다 싶었어. 앞으로도 내가 할 수 있는 일은 다 해볼 거야."

다른 이를 아프게 했던 사람이 또 다른 이에게는 고마운 사람이 된다. 인간은 하나의 얼굴만 지닌 단순한 존재가 아니니까.

현수가 재영에게로 시선을 돌렸다.

"그럼 최은서 이름이 적힌 편지랑 함께 들어 있던 사진은 뭐야? 은서가 초등학교 때 몸이 불편한 친구를 괴롭혔다고 했잖아."

"그 편지 내용은 사실이 아니야. 예전에 수호랑 봤던 애니에서 따온 스토리지. 봉투에 들어 있던 사진은 내 앨범에서 가져왔고. 은서의 뒷조사는 한 적 없어. 자기 신분까지 빌려줬는데 예의가 아니잖아? 김유정의 과거는 도저히 못 찾겠더라. 오히려 잘됐다 싶었어. 한 사람의 편지만 발견되지 않는다면 더 혼란스러워질 테니까.

그렇게 너희에게 보낼 편지가 모두 완성된 거야. 원래는 모임 첫날 밤에 몰래 일어나서 소파 탁자에 편지들을 놓을 생각이었는데 전날 이현수가 뜻밖의 정보를 알려줬어. 2층 서재 책꽂이에 우리에게 선물할 최애 소설이 꽂혀 있다고.

그 말을 듣는 순간 아이디어가 떠올랐어. 그 책들 사이에서 편지가 발견되면 더 섬뜩하지 않을까? 이 별장에 언제든지 드나들 수 있는 이현수를 범인으로 몰 수도 있을 테고.

내가 그날 한 일은 간단해. 화장실에 가는 척하고 서재에 올라가서 패딩 속에 숨겼던 편지들을 책 속에 넣었어. 근데 그 안에 이현수가 쓴 엽서가 들어 있더라. 그건 예상하지 못했어. 서재 쓰레기통에 버리면 금세 눈에 띌 테니 맞은편 방에 들어가서 거기 있는 쓰레기통에 버렸지.

정한별이 책 선물을 달라고 이현수를 재촉할 줄도 몰랐어. 정한별이 안 그랬다면 내가 했을 거야. 편지들이 빨리 발견되고 모임이 엉망이 되면 무섭다는 핑계로 별장을 나올 생각이었거든. 좋아하지도 않는 너희와 밤을 보내고 싶은 마음은 없었으니까."

내가 말했다.

"난 이미 카페에서 들었지만 다른 애들을 위해 다시 한 번 물을게. 주원이를 괴롭히고 싶었다면 주원이의 잘못만 폭로하면 됐잖아. 왜 굳이 우리의 잘못까지 들춘 거야?"

"자기 편지만 발견된다면 고주원은 어떤 반응을 보일까. 망신당하기는 싫을 테니 사실이 아니라고 잡아떼겠지. 그러면 너희는 그동안 함께한 시간을 핑계 삼아 결국 고주원의 말을 믿어줬을 거야.

하지만 너희 모두가 편지를 받는다면? 그때는 과연 어떤 일이 벌어질까. 다들 찔리는 구석이 있는 상황이라면 좀 더 편하게 편지 내용이 사실이라고 고백하지 않을까. 하지만 나도 일이 그렇게 될 줄은 예상하지 못했어. 너희는 과거를 인정했지만 범인을 찾겠답시고 서로를 공격하기 바빴지. CCTV까지 돌려 볼 줄은 꿈에도 몰랐어.

어쨌든 난 목적을 이뤘어. 고주원이 기대한 모임은 엉망이 됐고, 고주원의 과거도 까발린 데다 고주원이 그 사건에 대해 어떻게 생각하는지도 알게 됐으니까."

내 옆자리에 앉아 있던 주원은 불편한 듯 엉덩이를 들썩였다. 주원은 지금 어떤 기분일까. 이 모든 일이 주원이 저지른 사고에서부터 시작됐는데.

주원이 마침내 입을 열었다.

"나 때문에 이런 일을 겪게 해서 미안하다. 사과는 나중에 다시 할게. 일단은 사촌을 끔찍이 아끼는 가짜 최은서에게 따질 게 있거든."

주원은 맞은편에 앉은 재영을 차갑게 노려봤다.

"네 얘기에 심각한 오류가 있다는 건 알고 있지? 그날도 누누이 말했지만 난 일진도 아니고, 네 사촌 이수호를 억지로 차에 태운 적도 없어. 이수호가 분명히 먼저 태워달랬다고. 1년 전 그날도, 그리고 오늘도. 이 모임의 거짓말쟁이는 오직 너뿐이야."

재영과 주원을 뺀 모두의 눈동자가 흔들렸다.

여러 시선이 재영의 얼굴을 바쁘게 오갔다. 카페에서 재영의 이야기를 들었을 때 나도 두 사람의 말이 다르다는 걸 느꼈다. 나 역시 그 점을 지적했지만 재영은 끝내 입을 다물었다.

오늘은 진실을 알 수 있을까.

하지만 다시 입을 연 사람은 주원이었다.

"1년 전 일이지만 어렴풋이 기억나. 내 얘기가 끝나자마자 넌 화장실에 가서 한참 뒤에 돌아왔어. 화장실에서 이수호한테 전화한 거지?"

한별이 머뭇거리며 손을 들었다.

"저기…… 이제 와서 그게 중요할까? 이수호라는 애가 차에 억지로 탔든 아니든, 사고는 이미 벌어졌는데."

재영이 말했다.

"중요해."

"왜?"

"사고를 낸 사람은 고주원이 아니라 이수호니까."

4

 뻐근한 통증이 가슴을 짓눌렀다. 재영을 붙잡고 그건 또 무슨 말이냐고, 도대체 그날 밤 어떤 일이 있었느냐고 묻고 싶었다. 재영과 주원을 제외한 모두가 같은 심정이었을 것이다. 하지만 아무도 섣불리 질문을 던지지 못했다. 우리는 당황한 얼굴로 재영을 쳐다보기만 했다.
 재영은 곧 이 사건을 완성할, 마지막 퍼즐 조각이 될 이야기를 시작했다.

 1년 전 그날.

재영은 주원의 이야기가 끝난 뒤 화장실로 갔다. 그리고 수호에게 전화를 걸어 다짜고짜 따져 물었다.

야, 이수호! 네가 고주원한테 먼저 태워달랬어? 나 이제 걔 핸드폰 번호도 알아. 직접 전화해서 물어볼 수도 있으니까 솔직하게 대답해!

흥분한 재영과 달리 핸드폰 너머에서는 침묵이 이어졌다. 하지만 수호는 결국 거짓말을 했다고 고백했다.

맞아. 고주원이 횡단보도 앞에 차를 세우더니 나한테 아는 척을 했어. 그래서 내가…… 그 차에 태워달랬어.

재영은 물었다. 도대체 왜 그랬냐고. 하지만 다음에 들려온 이야기에 재영은 정신이 아득해졌다.

사실은 나…… 오래전부터 죽고 싶었어. 예전부터 그러고 싶었는데 그날은 꼭 실행에 옮기겠다고 다짐했어. 근데 있잖아. 언젠가 텔레비전에서 봤는데 자살하기로 한 사람은 죽기 직전까지 고민한대. 사실은 다들 너무나 살고 싶어 한대. 나도 그랬나 봐. 친하지도 않았던 고주원을 보고 차에 덥석 태워달라고 했으니까.

수호는 결국 주원의 자동차에 몸을 실었다. 두 아이는 한적한 도로를 달렸지만 수호의 기분은 나아지지 않았다. 시무룩한 얼굴인 건 주원도 마찬가지였다. 목적지도 없이 달리던 자동차가 한강이 펼쳐진 대교에 들어선 순간, 그 시커먼 강을 마주한 순간 수호의 마음속에는 다시 어두운 충동이 밀려왔다.

수호는 운전석 쪽으로 몸을 돌리고 핸들을 꺾었다. 고주원은 필사적으로 핸들을 붙잡았고, 자동차는 결국 가드레일을 들이받고서야 멈췄다. 수호는 말했다. 고주원이 아니었다면 자동차는 한강으로 떨어졌을 거라고.

재영은 한 손으로 입을 막으며 짧은 비명을 토했다.

지금까지 왜 거짓말을 한 거야? 왜 고주원이 차에 억지로 태웠다고 거짓말을 했냐고!

수호가 대답했다.

부모님이 실망할까 봐.

어둡고 깊은 침묵이 마치 무게를 가진 듯 주변에 내려앉았다. 재영은 다리가 후들거려 욕조 가장자리에 주저앉았다. 그리고 악을 쓰듯 말했다. 거실에 있는 아이들에게 들킬지도 모른다는 걱정은 이미 머릿속에서 지워진 뒤였다.

야, 이수호! 내가 너희 집에 와서 다행이라며! 그럼 그땐 말은 왜 했던 건데? 넌 어차피 죽을 거니까 너희 부모님한테 나라도 있어서 다행이라는 뜻이었어?

수호는 이제 울기만 했다. 거친 숨결 사이로 절박한 목소리가 드문드문 이어졌다.

제발, 재영아. 고주원한테는 연락하지 마. 걘 아무 잘못도 없어. 먼저 태워달랬던 사람도 나고, 사고를 낸 사람도 나니까. 제발…….

통화는 그렇게 끝났다.

재영은 정신을 간신히 추스르며 생각했다.

도대체 내가 무슨 일을 벌였나. 가족이 힘들어하는 것도 눈치채지 못했으면서 여기에서 뭘 하고 있나.

내가 무슨 자격으로 저 아이들을 심판하려 하나.

재영은 아이들에게 모든 것을 털어놓기로 마음먹었다. 하지만 거실에 돌아와 보니 아이들은 이미 최은서의 과거가 적힌 편지를 읽은 뒤였고, 재영은 다시 연기를 할 수밖에 없었다. 그저 이 별장을 빨리 떠나고 싶은 마음뿐이었다.

"내가 오늘 이 자리에 온 건 너희에게 진실을 말하고 용서를 빌기 위해서야. 너희의 소중한 모임을 망쳐서 미안해. 최은서는 제발 비난하지 말아 줘. 걔도 나한테 속았을 뿐이니까. 그리고 고주원, 너한테도 사과할게. 네가 아니었으면 수호는 이 세상에 없었을 거야."

재영의 이야기는 그렇게 끝났다.

재영의 얼굴은 어느새 눈물에 젖어 있었다. 아이들은 각자 생각에 잠겼다. 재영의 이야기를 받아들이기 위해서는 적지 않은 시간이 필요했다.

얼마나 지났을까.

옆에 앉아 있던 한별이 손을 뻗어 재영의 어깨를 감쌌다. 하지만 현수는 여전히 의아하다는 표정으로 주원을 바라봤다.

"그 사고는 이수호 때문이었다고 왜 우리한테 말 안 했어? 경찰 조사를 받았을 때도, 그리고 너희 부모님한테도 이수호가 핸들을 꺾었다는 얘기는 안 한 거잖아."

"글쎄……. 우리가 읽은 소설들 때문이라고 하면 이해하려나."

한별이 물었다.

"소설? 그게 무슨 소리야?"

주원은 끼고 있던 팔짱을 풀고 거실에 난 통유리창을 응시했다. 방금 들은 이야기와는 어울리지 않는 찬란한 햇빛이 초록빛 풍경을 싱그럽게 비추었다. 주원은 고개를 돌리고 우리의 얼굴을 차분히 바라봤다.

"처음에는 당연히 화가 났지. 이수호 때문에 나도 어이없이 죽을 뻔했으니까. 경찰한테도 사실대로 말하려고 했어. 근데…… 차에 태워달라던 이수호의 얼굴이 자꾸 어른거리더라. 말도 안 되는 소리 같지만, 걔가 그날 어떤 마음을 먹고 있었는지 나도 어렴풋이 느꼈던 것 같아. 학교에서 어떤 대우를 받는지도 다 알고 있었으니까. 외톨이처럼 지내는 걸 보면서도 쟤는 원래 저런 애라고 외면해 버렸지.

그래서 마음을 바꿨어. 그렇게 지친 표정을 하고 있는 애의 마음속은 얼마나 더 만신창이일까 생각하니 도저히 일러바칠 수가 없더라고. 나는 다친 데도 없었고, 차를 몰고 나온 건 처음부터 내 잘못이잖아."

주원의 시선이 재영을 향했다. 주원의 눈빛에 미움과 분노는 더 이상 담겨 있지 않았다.

"너희와 고전소설을 읽으면서 가장 많이 배운 건 결국 사람에 대해서였어. 인간은 나약하고 약점투성이인 데다가 늘 크고 작은 잘못을 저지르지. 고전소설 속 주인공들만 봐도 별의별 짓을 다 하잖아?"

우리는 희미하게 웃었다. 나는 주원이 어떤 말을 하려는지 조금은 알 것 같았다.

"주원이 말이 맞아. 하지만 소설을 몰입해서 읽다 보면 어떤 주인공이든지 이해하고 공감하게 돼."

주원이 말했다.

"나는 아니라고 믿고 싶겠지만 인간은 충분히 그런 행동을 할 수 있는 존재니까. 후회해 봤자 소용없다고들 하지만 내 생각은 달라. 후회는 내 잘못을 인정한다는 뜻이잖아. 중요한 건 거기에 머물지 않고, 조금이라도 더 달라지고 나아가려는 마음이 아닐까. 우리가 그런 일을 겪고도 굳이 이 자리에 다시 모인 것처럼."

현수가 고개를 끄덕였다.

"우리가 읽었던 소설 속 주인공들도 그랬잖아. 결말에 이를 때면 처음에 만났던 주인공의 모습은 없어. 그들은 항상 변화하니까."

재영은 여전히 시선을 내리깐 채 주원에게 말했다.

"이 별장을 떠난 뒤에…… 네가 수호한테 연락했던 거 알아. 둘이 무슨 얘기를 했는지는 모르겠지만 수호가 방에서 통화하는 걸 어렴풋이 들었거든."

"아, 이수호 손이 그렇게 된 건 나도 몰랐던 일이라. 시간이 좀 더 흐르면…… 한 번쯤 만날 수도 있지 않을까. 이참에 내가 알바 하는 카페에 놀러 오라고 해도 좋겠네.

어이, 가짜 최은서. 우리한테 용서를 빌려고 여기 왔댔지? 나한테 이런 말을 할 자격이 있는지 모르겠지만……, 널 용서할게. 그리고 너희한테도 미안하다. 나 때문에 이런 일을 겪게 해서."

한별은 대답 대신 재영의 손등에 자신의 손을 얹었다. 나와 현수도 재영을 보며 고개를 끄덕였다.

현수가 망설이다 물었다.

"수호 손은 어때? 여전히 안 좋아?"

"조금씩 좋아지고 있어. 상담 치료도 받고, 고등학교 검정고시 준비도 시작했어. 안 그러면 외삼촌이랑 외숙모한테 다 이른다고 협박했거든."

그제야 거실에 희미한 웃음이 번졌다. 하지만 현수의 표정은 여전히 어두웠다.

"다 끝난 것처럼 홀가분해지고 싶지는 않아. 죄는 죄고, 잘못은 잘못이야. 우리 엄마도 한별이도 피해를 준 사람들한테 용서받지 못했어. 마음이 무거워도 우리는 그 무게를 견디며 살아가야겠지."

주원은 긴 한숨을 내뱉으며 천장을 향해 고개를 젖혔다.

"하, 기 빨려. 아무튼 이 집에만 들어오면 멘탈이 탈탈 털린다니까."

현수의 눈이 동그래졌다.

"야! 별장을 한번 빌릴 때마다 할머니한테 얼마나 사정하는 줄 아냐? 아, 맞다! 유정이가 어떻게 범인…… 아니,

이 사건의 진실을 알아냈는지도 얘기해 줘야지."

나는 현수를 보며 미소 지었다.

그리고 한결 편안한 마음으로 대학교 면접 날 겪었던 일을 들려주었다. 재영은 다시 고개를 숙이며 미안해, 라고 속삭였다.

한별의 목소리가 높아졌다.

"이제 와서 이런 말을 하면 안 믿겠지만 난 유정이가 해결할 줄 알았어! 다들 범인을 찾느라 눈에 불을 켜고 있을 때 넌 범인이 '왜' 이런 짓을 했는지 궁금해했잖아. 너만 이 사건 너머에 숨겨진 마음을 알고 싶어 한 거야. 있잖아, 김유정. 넌 앞으로 좋은 작가가 될 거야. 아! 추리소설을 써도 대박 나겠는데?"

현수가 진지한 얼굴로 안경을 치켜올렸다.

"나중에 유정이가 쓴 소설이 나오면 그걸로 다 같이 독서 모임을 하면 어떨까?"

"그때까지는 안 할 생각이고? 그날 너희랑 헤어지고 게임만 하고 있다고."

주원은 벽시계를 올려다보며 말을 이었다.

"근데 진짜 최은서는 안 오는 건가? 개도 꼭 만나서 오해를 풀고 싶은데. 아직도 내가 일진인 줄 알고 있다면 곤

란하다고."

내가 말했다.

"글쎄. 재영이한테 연락처를 받아서 오늘 꼭 오라고 메시지를 보내긴 했는데……."

나는 핸드폰으로 은서에게 보낸 메시지를 다시 확인했다. 우리는 여전히 너를 기다리고 있다고. 그날 하지 못했던 일을 이번에는 꼭 하고 싶다고. 온 마음을 다해 너를 반갑게 맞아주고 싶다고.

지난 일을 처음부터 다시 설명해야 하더라도 괜찮다. 진실을 알게 된 은서는 어떤 반응을 보일까. 허울뿐인 반성이라며 매몰차게 외면할 수도, 우리가 저지른 잘못을 너그러이 끌어안아 줄 수도 있다. 어떤 결말이 기다리든 이제는 받아들일 준비가 되어 있었다.

오랜 혼란 끝에 찾아든 고요함 속에서 나는 영원히 발견되지 않을, 나의 비밀이 담긴 편지를 상상했다.

아이들은 끝까지 모를 것이다. 1년 전 그날 이후로 내 마음속의 어두운 충동을 필사적으로 억눌러 왔고, 얼마 전부터 상담 치료를 받고 있으며, 어린 시절 느꼈던 소외감에 대해서도 엄마에게 솔직히 털어놓았다는 것을. 엄마는 놀랐고, 혼란스러워했고, 기억이 안 난다며 화를 내기도 했다.

그러나 솟구쳤던 감정들이 가라앉자 결국에는 조용히 미안하다고 말했다.

나를 괴롭혔던 충동이 마침내 잠잠해질까. 알 수 없는 일이다. 나는 그저 나아질 거라고 믿으며 내 앞에 놓인 길을 최선을 다해 걸어갈 뿐이다. 가끔은 비틀거리고 넘어지겠지만 그럼에도 멈추지 않을 것이다. 지금까지 읽은 소설 속 주인공들처럼 나는, 아니 우리 모두는 계속 자라고 변화할 테니까.

현관문 쪽으로 자꾸만 시선을 돌리는 아이들이 이제는 한없이 애틋하게 느껴졌다. 나를 이 자리까지 이끈 소설 『죄와 벌』. 돌이킬 수 없는 죄를 짓고 무너지던 주인공을 다시 일으킨 것은 결국 그에게 남아 있던 인간다움과 사랑이었다.

우리의 마음속에도 여전히 그러한 빛이 존재할 것이다. 계속 나아갈 수 있다고 속삭여 주는 빛, 그 빛을 놓치지 않는다면 우리는 어제보다 조금은 더 괜찮은 사람이 될 수 있지 않을까.

그때였다. 마지막 초인종 소리가 울렸다.

현수가 말했다.

"얘들아, 은서가 왔어."

작가의 말

　이 소설을 절반쯤 썼을 무렵, 젊은 배우가 목숨을 끊었다. 그녀는 음주 운전 사고를 일으킨 뒤 활동을 중단했고, 그에 대한 법적 처벌을 받았다. 죗값을 치르고서 재기를 꿈꾸었지만 대중은 냉혹했다. 연기를 다시 시작하기는커녕 생계를 위한 카페 아르바이트조차 할 수 없었다. 그녀를 향한 가차 없는 비난은 자살 소식이 알려진 뒤에야 멈추었다.
　이 소설을 쓰는 동안 그녀의 죽음을 자주 떠올렸다.
　그녀는 무엇을 더, 어떻게 했어야 했나. 그녀가 사라진 세상에서 우리는 더 행복한가.

　『빅터 프랭클의 죽음의 수용소에서』는 유대인이었던 저자 빅터 프랭클이 나치 수용소에서 겪은 참혹한 고통을 서

술한 책이다. 이 책에서 빅터 프랭클은 'J박사'의 이야기를 들려준다. 그는 빅터 프랭클이 만났던 사람 중 가장 악독한 사람이었다. 나치가 안락사 프로그램을 시작했을 때, J박사가 관리하는 가스실에서는 단 한 명의 병자도 도망칠 수 없었다.

하지만 전쟁이 끝난 뒤, 빅터 프랭클은 도저히 믿지 못할 소식을 듣게 된다. 감옥에 수감된 J박사가 그 안에 있던 모든 이에게 선행을 베풀고 위안을 주었다는 것이다. 그와 함께 있던 사람들은 입을 모아 이렇게 말했다. J박사는 인간이 도달할 수 있는 가장 높은 도덕적 경지에서 생을 마감했다고.

오래전에 읽은 책이지만 J박사의 이야기만큼은 쉽게 잊히지 않는다. 나는 여전히 궁금하다. J박사를 변하게 한 건 무엇이었을까. 그는 어떤 심정으로 사람들을 도왔을까.

사람은 누구나 실수를 하고, 잘못을 저지른다. 이 책을 펼친 여러분도, 이 글을 쓴 나도 예외는 아닐 것이다. 어떤 잘못은 악의에서 비롯됐을 수도 있고, 어떤 잘못은 피치 못할 상황에서 시작됐는지도 모른다. 우리의 삶이란 치열한 노력에도 불구하고 엉망으로 꼬이곤 하니까.

이 소설은 잘못을 저지르고, 다시 일어서려고 애쓰는 아이들의 이야기다. 타인에게 의도적으로 상처를 준 아이도,

스스로에게 부끄러운 짓을 저지른 아이도 있다. 한 번쯤은 여러분에게 묻고 싶었다. 잘못을 진심으로 뉘우치는 사람은 용서받을 수 있는지, 아니면 다시 일어설 기회조차 주지 않고 벼랑 끝으로 떠밀어야 하는지.

그렇다면 그 사람은 어떻게 살아야 하는지.

이 질문들에 대한 답은 여러분과 함께 고민하고 싶다. 작가는 판단을 내리는 사람이 아니라 질문을 던지는 사람이라고 믿기 때문이다. 그럼에도 이 소설을 쓰는 내내 조심스레 바라곤 했다. 잘못을 뉘우치고 더 선하게 살고자 애쓰는 마음, 어쩌면 잘못을 저지르는 것보다 더 큰 용기가 필요한 그 마음만큼은 누구에게도 짓밟히지 않기를 말이다. 그 바람을 놓치지 않으려 애쓰며 이 소설을 마무리했다.

글 쓰는 딸을 언제나 자랑스러워해 주시는 부모님과 내가 쓴 모든 소설의 든든한 조언자인 남편, 소설의 부족한 부분을 함께 고민하고 메워주신 이슬 편집자님께 감사드린다.

변변치 않은 소설을 매번 읽어주시는 독자분들께도 다정한 인사를 전하고 싶다.

2025년 가을
김하연

나만 아는 거짓말

초판 1쇄 발행 2025년 9월 10일
초판 3쇄 발행 2025년 11월 27일

지은이 김하연
펴낸이 김선식

부사장 김은영
콘텐츠사업본부장 임보윤
책임편집 이슬　**책임마케터** 이고은
콘텐츠사업10팀장 강혜진　**콘텐츠사업10팀** 이슬, 정지혜, 김유리, 이나영
마케팅사업1팀 이고은, 지석배, 최민경, 이현주, 김은지
홍보1팀 김민정, 홍수경, 변승주
브랜드사업본부장 정명찬　**브랜드홍보팀** 오수미, 서가을, 박장미, 박주현
영상홍보팀 이수인, 염아라, 이지연, 노경은
편집관리팀 조세현, 김호주, 백설희　**저작권팀** 성민경, 이슬, 윤제희
재무관리팀 하미숙, 임혜정, 이슬기, 김주영, 오지수
인사관리팀 강미숙, 김혜진, 이정환, 황종원
제작관리팀 이소현, 김소영, 김진경, 유미애, 이지우, 황인우
물류관리팀 김형기, 김선진, 주정훈, 양문현, 채원석, 박재연, 이준희, 최대식
외부스태프 디자인 형태와내용사이　**일러스트** 토티

펴낸곳 다산북스　**출판등록** 2005년 12월 23일 제313-2005-00277호
주소 경기도 파주시 회동길 490
전화 02-704-1724　**팩스** 02-703-2219　**이메일** dasanbooks@dasanbooks.com
홈페이지 www.dasan.group　**블로그** blog.naver.com/dasan_books
종이 신승INC　**인쇄** 민언프린텍　**후가공** 제이오엘앤피　**제본** 다온바인텍

ISBN 979-11-306-7711-8 (43810)

- 책값은 뒤표지에 있습니다.
- 파본은 구입하신 서점에서 교환해 드립니다.
- 이 책은 저작권법에 의하여 보호를 받는 저작물이므로 무단 전재와 복제를 금합니다.

다산북스(DASANBOOKS)는 독자 여러분의 책에 관한 아이디어와 원고를 기쁜 마음으로 기다리고 있습니다. 책 출간을 원하는 아이디어가 있으신 분은 다산북스 홈페이지 '투고 원고' 항목에 출간 기획서와 원고 샘플 등을 보내주세요. 머뭇거리지 말고 문을 두드리세요.